读者 **Reader's Digest** 文摘

（力量篇）

Lilang Pian

佳作评选
精华版

成功没有彩排的机会，每一天都要以正式上场的
姿态面对。琐碎的光阴，庸常的日子，读一篇读者文
摘，为疲倦的身心注入新的活力。
《读者文摘》好运将一路相随！

阅读一篇篇美文，感悟一颗颗心灵，享受一次又一次精神的盛宴。

优雅地生活

Youya De Shenghuo

金明春 / 著

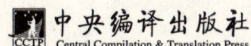

中央编译出版社
CCTP　Central Compilation & Translation Press

图书在版编目(CIP)数据

优雅地生活 / 金明春著. -- 北京：中央编译出版
社，2014.2
（读者文摘）
ISBN 978-7-5117-1911-9

Ⅰ.①优… Ⅱ.①金… Ⅲ.①散文集–中国–当代
Ⅳ.①I267

中国版本图书馆 CIP 数据核字（2013）第 274950 号

优雅地生活

出 版 人	刘明清
排版制作	腾飞文化
责任编辑	邓永标　余海伦
责任印制	尹 珺
出版发行	中央编译出版社
地　　址	北京西城区车公庄大街乙 5 号鸿儒大厦 B 座（100044）

电　　话　(010)52612345(总编室)　　　　(010)52612371(编辑部)
　　　　　(010)66161011(团购部)　　　　(010)52612332(网络销售部)
　　　　　(010)66130345(发行部)　　　　(010)66509618(读者服务部)

网　　址	www.cctphome.com
经　　销	全国新华书店
印　　刷	北京盛兰兄弟印刷装订有限公司
开　　本	710×1000 毫米　1/16
字　　数	180 千字
印　　张	14
版　　次	2014 年 2 月第 1 版第 1 次
定　　价	28.00 元

本社常年法律顾问:北京市吴栾赵阎律师事务所律师　闫军　梁勤
凡有印刷质量问题,本社负责调换。电话:(010)66509618

目录
Contents

Contents

目录
Contents

目录
Contents

我看到了春天的微笑

　　所有的微笑聚集在一起，那是一种什么样的情景啊？漫山遍野的微笑使人心花怒放。漫山遍野的粉红桃花，使人温柔浪漫起来。不知是谁说了一句什么，桃花羞红了脸，深埋在树的胸前。

草莓

草莓是幸福的，如果不是，它怎么会那么的甜美呢？虽然她经历了冬的严寒，经历了烈烈北风的洗礼，顽强地用自己生命的力量倔强地同严寒抵抗着。

沿着春天的唇边，你呼吸般走来。

面前是一片草莓地，面对它，我心陶醉。

这一颗颗心形的草莓，犹如一颗颗炽热的心、甜美的心，漫山遍野。

以一种很绿的姿势，捧出一枚枚鲜嫩的果子。就像红红的芳唇，向你盛开。在泥土的怀里，静静地生长。在阳光的喂养下，动人地发育。根系沿一方水土行走，唱出动人的歌谣。就像一个甜蜜的吻，埋在梦里。

有朋友说，草莓为何选择心一样的形状？是前世未了的情么？是天意让她的心愿在人间了却么？不知道她付出多少的情思在密密麻麻的花间叶下，也不知道她殷殷的红润是割裂了多少伤痛凝结了血红愈合而成，每一粒都是她的泪滴的凝结么？

红艳艳的草莓，把春天点燃。我们走在春天里，挖春天的寓言。此时，我们的脚步嫩绿；此时，我们的双手生动。

走过草莓地，双脚鲜活。采摘草莓果，双手甜美。红红的果实或悬着，或卧着，透着晶莹、润泽的光。展现着的是生命律动的主题，荡漾着的是幸福的芬芳。

花儿们，开始用香味彼此致意；花儿们，开始用微笑彼此温暖；草莓们，叽叽喳喳，闹醒春天。

　　其实，草莓是幸福的。虽然她经历了冬的严寒，经历了烈烈北风的洗礼，顽强地用自己生命的力量倔强地同严寒抵抗着。缓缓流逝冬的冰冷，继而迎来春的暖。甜美，于是涌遍全身。我们如今随处可以寻到珠宝，却很难摘到一棵小草的灵魂。

　　草莓，是最懂得太阳的。你仰起脸，迎接母亲炽热的亲吻。在母亲的怀里，怎么能不温暖？太阳告诉了你什么？一定是很甜蜜的歌谣。否则，你的心怎么如此甜美？每一枚草莓，都是对太阳的祝福。这是最晶莹的祝福，散发着阳光的芬芳。

　　你是太阳的女儿，你是月亮的女儿。

　　美丽的女儿，甜美的女儿。

　　你是幽静开放的甜蜜的梦，还是梦的结晶？

　　梦里的阳光，是你的微笑。

　　风一吹，整个春天都很甜。

人的智慧不用就会枯萎。

——达·芬奇

春天，是一个让人心疼的孩子

春天，一个美好的季节。在春天里，幸福弥漫开来。走在春天里，脚步嫩绿。走在春天里，脚步生动。把春天捧在手心里，你便拥有了春天的体温。把春天捧在手心里，春天，是一个让人心疼的孩子。走进春天，走进幸福。

春天，是一个让人心疼的孩子。

她那么幼嫩，像一个孩子。

温暖像一位少女，沿着春天的唇边，呼吸般走来。风，柔柔的，像少女的小手，轻拂人们的肌肤。

在一个风和日丽的日子，我们离开城市，走向山野。

每个踏青者都以一种嫩绿的姿势，走向田野。在春天的怀里，在阳光的喂养下，脚步嫩绿、心情舒畅。一路上，我们采着一朵朵小花儿，这些故事般的花朵，风一吹，使整个春天都很香。这些春天的美丽的花，动人地开，迷人地开。这是世上最迷人的微笑。这里的风景，不能说是多么美丽，但完全可以说它是如此动人。走进自然，人会变得鲜活、生动起来。

小草探出它的小脑袋，像是在探听春天。那嫩绿的绿芽儿，令人怜爱。荠菜花开，把春天点燃。我们走在春天里，挖春天的寓言。此时，我们的脚步嫩绿；此时，我们的双手生动。花儿们开始用香味彼此致意；花儿们开始用微笑彼此温暖；花儿们叽叽喳喳，闹醒春天。我们如今随处可以寻到珠宝，却很难挖到一棵小草的灵魂。

有一个故事，在三月中叙说；有一种韵律，在三月中响起；有一种生长，在三月中扎根。三月的墒情好，三月里埋有一颗心脏，在三月里种植一些翅膀或诗歌最易发芽。

那个叫杜甫的诗人，悄悄地说："迟日江山丽，春风花草香。泥融飞燕子，沙暖睡鸳鸯。"他知道，静静的才能好好地聆听；他知道，静静地才能闻到花香；他知道，静静地才能看到更美的景色。

"碧玉妆成一树高，万条垂下绿丝绦。不知细叶谁裁出，二月春风似剪刀。"贺知章的诗歌动感十足，让我们看到一幅美妙的画面。春天，最生动的季节。

朱熹告诉我们："胜日寻芳泗水滨，无边光景一时新。等闲识得东风面，万紫千红总是春。"春天，万紫千红。像一群花枝招展的小姑娘，鲜艳可爱、活蹦乱跳。

"竹外桃花三两枝，春江水暖鸭先知。蒌蒿满地芦芽短，正是河豚欲上时。""双飞燕子几时回？夹岸桃花蘸水开。春雨断桥人不度，小舟撑出柳荫来。"多少写春天的诗，多少爱春天的人。春天，触动着每一个有着春天的心。

留住脚步的风景，一定是美丽的风景。绿色最能抓住人的视线，这种醉人的绿，使人乐而忘返。普里什文在《一年四季》里写着："人身上包含有自然界所有的因素，如果人愿意的话，他可以同他之外的一切生物产生共鸣。"绿草青青，山花烂漫，铺天盖地，山涧哗哗流淌的清泉，林间各种鸟儿的婉转啼鸣，鲜花绿草的浓郁香息，使人如入画中，如闯仙境。

人，制造别墅。上帝，创造天堂。再豪华的别墅也是人造的，是可以复制的，而且，它禁锢心灵、阻隔天然。而天堂是上帝造的，是心灵安顿的地方，是天人合一的地方。这里就是天堂，这里是无比美好的栖身地，在这里可以诗意地栖息。春天的原野，就是上帝创造的天堂。

吉祥的白云，自由地飘。云，飘浮在蔚蓝的天空中。

这是圣洁的风景。梦幻般的天堂，它给我们视觉的盛宴，它给我们心灵的盛宴。

鸟的啁啾，虫的吟唱，叶的微语，都随着风四处弥散。这里的天，这里的水，这里的绿，如此醉人，这里生长着美丽，这里生长着幸福。这里，天人合一，人与人和谐相处，人与自然和谐相处。我们把一丝丝情

感，种在自由的野山野水中，等它们发芽。

有一个女孩儿，喜欢和花儿说话。她蹲在鲜艳的花儿旁边，告诉花儿刚听来的童话。花儿甜甜地听着，小女孩儿甜甜地讲着。花儿仰起了脸儿，看着少女如花儿一样的脸儿，听着少女来自心底像花儿一样的秘密。花儿从不唠叨，花儿只是静静地听。和花儿说话，说甜蜜的事，说心里的秘密，说芬芳的故事。和花儿说话，一切都像花儿一样美，一切都像花儿一样艳，一切都像花儿一样香。和花儿说话是幸福的。

带上快乐上路，一路你都不会寂寞。笑容，是我们的行李。参照青山，参照大海，让快乐为我们导航。在蓝天之下，在大地之上，用心找到快乐的坐标。在绿色怀抱中，栖息于山间、草地，绿草的芬芳气息使人心旷神怡。春天的田野，你如此温润，阳光如此丰美。

春天贴近我的身子，暖着我的心事，春天的体温，月亮把我抚摸。真正的生命，在快乐中鲜活。

人生是一次旅行，生命如此生动。

原始、纯净、质朴。这里是滋养生命的天堂；这里是静养心灵的天堂；这里有我们心灵深处最美丽最纯净的东西。来到这里的人，都如进入了梦中。

这里，是梦最芳香的地方。

我想，我们应向原野道歉，请它原谅我们打搅了它的宁静。我们应向原野道谢，感激它使我们看到了一种美丽。

走在春天里，脚步嫩绿。走在春天里，脚步生动。

把春天捧在手心里，你便拥有了春天的体温。

把春天捧在手心里，春天，是一个让人心疼的孩子。

好人之所以好是因为他是有智慧的，坏人之所以坏是因为他是愚蠢的。

——柏拉图

做一朵浸泡在丽江的菊

丽江，美丽浪漫的天堂。心静下来，空气清新起来。清风吹拂，送来离心灵最近的祝福。丽江古城就像一杯清水，我真想做一朵菊，永远浸泡在丽江古城这杯清水中，在丽江湿润空气的滋润中，幸福地绽开。在这个精美的地方，感悟幸福吧！

这次云南之行，如行走在梦境之中。

作为"我的云南情缘"故事征文获奖作者，我参加了"重返心灵家园 七彩云南"主题活动。我们和南方卫视《潮流假期》的编导摄制人员以及其他媒体的记者，从都市人的精神世界出发，走向伸手几乎可以摸到天的彩云之南。

当我们到达丽江时，便被古色古香的丽江古城吸引了。

云南的丽江，在遥远的地方，这里生长着美丽、古朴，这里孕育着梦幻。

丽江古城，是一个以纳西族为主要居民的古老城镇，勤劳朴实的纳西人居住在"三坊一照壁"、"四合五天井"的一至二层的土木结构房屋中，房屋建筑融合了中原文化和邻族文化的精华，而形成纳西族的建筑风格，体现了纳西族的布局、汉族的砖瓦、藏族的绘画、白族的雕刻四个民族的特点，被誉为"民居的博物馆"。

有水的丽江，是生动的丽江。水，使丽江灵动起来。有人说丽江古城兼有山乡之容，水城之貌。说得一点也不错，古城的主街傍河，小巷临

渠，泉水环绕连接每家门庭，开门即河、迎面即柳，形成高原水乡"家家临溪，户户垂柳"的景致。这在其他地方是很少看到的，所以，来丽江可以使你有一种不一样的感觉。有人称这里是"中国的威尼斯"和"高原姑苏"。水，是这里的灵魂。丽江人爱水，水也滋润着丽江人。导游介绍说，这里的人用水特别在意，泉水喷涌的第一眼井供饮用；下流第二眼井为洗菜；再下流第三眼井方可用以洗衣服。在这里走路，很多是在过桥，大研保存了许多座明清的石拱桥。小桥流水人家，别有一番滋味。

丽江古城，这几天湿漉漉的，雨有时下，有时停。这些天，古城像一杯清水，我像一朵菊，浸泡在古城的这杯清水中。

我悠悠地漫步在古城五花石路上，放慢自己在城市里匆忙的脚步，放松自己的心情，慢慢体验着慢节奏的幸福。

小桥、流水、人家，这是一幅多么幽静的画面啊！

古城内禁止行驶汽车，这给古城一种安宁的环境，可以远离呼啸而过的现代交通的狂妄和威慑。虽说也会带来一些不方便，但更多的是可以给古城以古朴幽雅的环境。古色古香，古城的芬芳沁人心脾。在城市里，呼吸的是汽车尾气，呼吸的是浑浊的空气，呼吸的是紧张嘈杂的气氛。在这里，呼吸的是优雅的芬芳，呼吸的是温润的清新空气。第一次感觉，生活在这里的人们才是生活在天堂中。

古城是一座没有城墙的古城，只有光滑洁净的窄窄的青石板路、完全手工建造的土木结构的房屋、无处不在的小桥流水。踏上古城散发着淡淡光华的石板路，顺着玉泉河水穿行在古城弯弯曲曲的小巷，犹如穿行在时光隧道中。纳西服饰有个鲜明的特点就是背上背着一块羊皮，那块羊皮俗称为"披星戴月"。"披星戴月"的纳西老人或安详地坐着晒日头，或三三两两在石板路上边讲闲话边悠悠地走，双手反剪在羊皮下。导游告诉我们，在这些悠然、安详的纳西老人中有许多百岁老人。玉龙雪山的融水汇成了玉泉河，孕育了丽江城和世世代代的丽江人，那纯净甘甜的河水、清新透亮的空气、新鲜饱满的食物，你才明白为什么会有这么多的百岁老人，为什么玉龙雪山是纳西族东巴文化尊崇的"三朵神"的化身。

古城，像我的梦，弥漫着神秘的色彩。

在古城，心变得格外柔软起来。

有一只马队经过，也是悠悠的，没有城市道路上汽车驶过的那种狂妄和毫不顾忌。更令我感动的是，马队后面，有两个马队同伴在后面一路捡拾马留下的粪便，放到自己携带的袋子里。打扫干净后，他们才紧跑几步，追赶上前面的队友。

当我们呼唤文明的时候，当我们呼唤道德的时候，首先应从自身做起。

离开丽江很长时间了，这幅画面仍是我记忆中最美的画面。

古城的酒吧晚上是最热闹的，那是另一片天地，音乐声歌舞声震耳欲聋，在里面说话是听不见的，人们疯狂地陶醉在音乐或迷离的光线中。

这与古城的幽静形成了鲜明的对比。

它或许是夜晚醒着的古城，或者是古城的一种发泄？

我想不是。

我担心古城因此会受到打扰的。

古城，从它的容颜到它的骨髓，应该是优雅淡定的。

我和南方卫视摄制组一起来到一家东巴文及造纸作坊，有幸聆听这里的一位老人的讲课。图画象形文字"东巴文"是纳西族先民用来记录东巴教经文的独特文字，是世界上唯一活着的图画象形文字。我们学习了一些东巴文，感触到了东巴文的神秘和精深。

在这里，我们的脚步就会自动变得轻缓。这里是一个清新的世界，与其隔绝的是外界的那种嘈杂和喧嚣，扑面而来的是安宁与悠闲产生的芳香。我们在这里，可以等一等被我们落在后面的心灵，可以关照一下我们被冷落的心灵。我们给身体的太多，给心灵的太少。

在这里可以清心养神，呼吸幽静的芬芳。心静下来，空气清新起来。清风吹拂，送来离心灵最近的祝福。

丽江古城就像一杯清水，我真想做一朵菊，永远浸泡在丽江古城这杯清水中，在丽江湿润空气的滋润中，幸福地绽开。

我现在离开这里很多日子了，但我不知为什么还时时想起它。

哦！我的心留在这里了。

身体的有力和美是青年的好处，至于智慧的美则是老年所特有的财产。

——德谟克里特

异乡故土

在那遥远的地方，也许是你心灵的家园。新疆的喀纳斯，是一片纯净，美丽，清爽的高地。我沉浸在远古自然的芬芳之中。幸福，洋溢开来。

在那遥远的地方，在那异域他乡，我找到了故土。

这是一个陌生的地方、陌生的族群、陌生的语言、陌生的风土、陌生的面孔、陌生的习俗，但我感到它又是那么熟悉，就像我的故乡。这是我心灵深处的故乡，和我出生地的故乡虽然远隔千里万里，但竟是那么的相同。我也曾去过一些美艳绝伦的地方，惊羡之余总感到那不是自己的地方。而在这里，我感到她像故乡一样亲切。

新疆的喀纳斯，是一片纯净，美丽，清爽的高地。

这里有草原，森林，湖泊。

面对草原，我想起了达摩达拉的一句话：只有可以自由享受广阔地平线的人，才是世上最快乐的人。

草原在打开人的视野的同时，也打开了人的心灵。"蓝蓝的天上白云飘，白云下面马儿跑。"是画上的草原，是天上的草原。

草原的绿色很养眼，也温润人的心。这里是最高的草原，是天堂的草原。

森林，让喀纳斯陷入神秘。深沉的喀纳斯，让我仰望，使我沉思。白桦林里一定生长着美丽的传说，一定隐藏着动人的故事。

这里是那样陌生，又是那样熟悉。

陌生的是景色，熟悉的是心灵感受。

远离家乡，每次回到家乡，也是这种感受。

从卧龙湾沿喀纳斯河北上约一公里，你会在峡谷中看到一个蓝色月牙形湖湾，那就是月亮湾。月亮湾会随喀纳斯湖水变化而变化，是镶在喀纳斯河的一颗明珠。美丽静谧的月亮湾，使人心醉。

留住脚步的风景，一定是美丽的风景。喀纳斯最能抓住人的视线，这种异域风光，这种异域风情，使得人乐而忘返。

由于位于高地，进入喀纳斯明显地感到气温的下降。在去往喀纳斯的路上还是酷暑难耐，而一进入喀纳斯却寒气逼人。山下绿草青青，山顶却白雪皑皑。

喀纳斯湖是一个典型的冰蚀湖，它状如弯月，它隽美多姿，湖水清冽。清晨湖面清烟缥缈，正午银粼闪烁，傍晚夕阳映照水面，水天一色。在喀纳斯的周围峰峦叠嶂，峰顶白雪皑皑，山腰林木葱翠，山坡绿草如毯。这是梦境？还是世外桃源？它美得让人忘我，美得让人怀疑自己看到的是否真实。青山倒映水中，更添水色斑斓；群峰夹抱之间，喀纳斯湖如玉带蜿蜒飘拂。

在喀纳斯，有一个图瓦部落，这是一个人口极少的部落，居住在一个几乎与人隔绝的清凉高地上。他们以狩猎放牧为生，住的是小木屋。喀纳斯图瓦村居民自称是蒙古族的图瓦人。图瓦人村落是蒙古族图瓦人生活的村落。图瓦亦称"土瓦"或"德瓦""库库门恰克"。图瓦村位于喀纳斯湖南岸二至三公里处的喀纳斯河谷地带，周围山清水秀，环境优美。图瓦历史悠久，早在古代文献中就有记录。隋唐时称"都播"，元称"图巴""秃巴思""乌梁海种人"等。有些学者认为，图瓦人是成吉思汗西征时遗留的部分老、弱、病、残士兵，逐渐繁衍至今。而喀纳斯村中年长者说，他们的祖先是五百年前从西伯利亚迁移而来的，与现在俄罗斯的图瓦共和国的图瓦人属同一民族。图瓦人保存着自己独特的生活习惯和语言，图瓦语属于阿尔泰语系突厥语族，与哈萨克语相近，因此图瓦人均会讲哈萨克语，这与现在的蒙古语不同。现在的图瓦人学校基本是普及蒙古语。在生活习惯方面，图瓦人除欢度蒙古族传统的敖包节外，还有当地的邹鲁节（入冬节）、汉族人的春节与正月十五元宵节。图瓦人信仰佛教，但萨满教对他们的影响也较深。图瓦人是一支古老的民族，以游牧，狩猎为生。近四百年来，定居喀纳斯湖畔，他们勇敢强悍，善骑术，善滑雪，能歌善舞，现基本保持着比较原始的生活方式。图瓦人的房屋皆用原木筑砌而成，下为方体，上为尖顶结构，游牧时仍住蒙古包。这里的人们，是那种天生对任何人都友善的人们。不要以为只有认识你的人才对你友善，这里的人们是那么友善，有着红润的面庞，有着热情的心。我走进一个图瓦人家，主人热情地和我攀谈。因为我是援疆教师，对教育尤其关注，便问这里的孩子有没有学校可上。因为这里几乎与世隔绝，和外面的村寨离得那么远。她告诉我，我们这里有一所小学，不过再上高一级的学校，就得走出大山到很远的外面去上了。善良与品位和一个人的知识文化的高低有关系，但关系不大。在这里我有着更深的认识。城市里有很多文化水平很高的人，他们的内心却虚伪甚至邪恶；而这里的人们，有些单纯粗犷，却是那么的可敬可爱。

喀纳斯图瓦村与喀纳斯湖相互辉映，融为一体，构成喀纳斯旅游区独具魅力的人文风情，民族风情。

过着几乎近于原始生活的图瓦人在喀纳斯定居，这又是喀纳斯的神秘之处。

他们是幸福的，因为纯净。纯净的生活，纯净的劳作，纯净的心灵。

我似乎是沿着一个时光隧道，步入远古。

图瓦人，拥有的是阳光，拥有的是单纯，拥有的是美好，拥有的是幸福。

我沉浸在远古自然的芬芳之中。

幸福，洋溢开来。

图瓦村小而宁静，宁静得使人心醉。森林之中，有熊，有狼，但这些并不会影响图瓦村的祥和。也许，这些动物们知道图瓦村的善良，于是他们和谐相处。这是多么祥和的幸福的生活啊！

一个图瓦女人，在一个深冬里，发现一只狼崽儿，一只几乎冻僵的狼崽儿。她把它抱回小木屋，精心喂养，狼崽慢慢地长大了，而它并没有要离开小木屋的意思。就这样，小木屋里，便有了一只狼。曾几次，小木屋

的主人遭受风雪，是这只狼出去给她带来食物。小木屋的主人救了狼，狼也救了小木屋的主人。我们无法想象，狼和小木屋的主人用一种怎样特殊的方式交流，是声音还是眼神。或许，他们是用信任，用爱来交流的。

有一位图瓦老人，会吹奏一种图瓦人自制的笛子。这种笛子至今还没有第二个人能够精熟吹奏。这种笛子用是全身的气流来吹奏。笛音有着古朴神韵，如山中风动，如奔流水声。那是生命的声音。

一个二十多岁的姑娘走出小木屋，脸上有着阳光留下的痕迹，眼睛因纯净而明亮。她热情地和我打招呼，清纯的脸上洋溢着世界上最干净的微笑。

这是个清秀的地方，这是个俊美的地方，这是个梦境般的地方，这是个天堂般的地方。

能走进我梦里的，有两个地方。

一个是离我较近的家乡鲁西北，一个是离我很远很远的喀纳斯。

智慧有三果：一是思虑周到，二是语言得当，三是行为公正。

——德谟克里特

我看到了春天的微笑

你见过春天的微笑吗？山，给了桃树生命；桃树，给了山生动。春天，把桃树喊醒；桃花，朝着春天微笑。和桃树在一起，幸福又被唤醒。一朵花儿，不一定结出一枚果子。但每一枚果实，一定来自于一朵花儿。

你见过春天的微笑吗？

我看到了春天的微笑。

那是漫山遍野的微笑，她笑在春风里，她笑在春天的怀里。

温暖像一位少女，沿着春天的唇边，呼吸般走来。风，柔柔的，像少女的小手，轻抚人们的肌肤。在一个风和日丽的日子，一个春暖花开的日子，我们前去黄庄霞峰。

汽车奔驶在山路上，一路上，我们看见漫山遍野的桃树伸展开春天的身子，把积攒了一冬的热情在此刻一下子喷发出来。山，给了桃树生命；桃树，给了山生动。春天，把桃树喊醒；桃花，朝着春天微笑。

一座山有一座山的风骨，一座山有一座山的风韵。一个地方有一个地方值得骄傲的特色，一个地方有一个地方令人向往的景色。来到这里，你的心怦然心动，那是一种和心跳同一频率的节奏。此时，我的心跳和这里的山、这里的水、这里的一切同一频率地一起跳动。

和桃花在一起，你会心生怜爱。此时，你的心柔软多情。此时，你会变成一位诗人。桃花，你是春天的唇；桃花，你的呼吸是芳香的，你的颜

色是诱人的。在这个季节里，一切都是鲜活的；在这个季节里，一切都是生动的。我们的脚步，我们的心情，也是生动的，也是鲜活的。我们为这美丽的精灵兴奋着。它们选择在这美丽的地方生存，是它们的智慧，也是它们的福分。

是谁选择了如此美丽动人的植物？黄庄人，以一种怎样的情怀和眼力选择桃树作为山田作物？桃树，一种美丽勤劳的植物，就像这黄庄人。桃树，是智慧的；要不，它怎么会知道春天的体温？桃树，是最会打扮自己的；要不，它怎么会选择那么美的颜色？桃树，是最善解人意的；要不，它怎么把自己的心变成果子？山，养育了它。于是，它给山一片微笑，它给山一颗心。

这是多么乖巧的女儿啊！这是多么懂得感恩的孩子啊！一朵花儿，不一定结出一枚果子。但每一枚果实，一定来自于一朵花儿。春天最灿烂的花朵，一定结出最甜美的心果。

抬头，是蔚蓝色的天空。远望，是一望无际的桃花。

风一吹，整座山都香了。

有的桃花是粉红的，大朵；有的桃花是大红的，小朵；像梅花，像古典的女子。一个文友说："这种桃花真古典！"

我心中暗暗为文友的这句话叫绝。

这简直就是在桃花上采摘下的一句话。只有在如此美丽的桃花面前，才会吐出如此美妙的语言。这句话好美，就像这桃花；这句话好甜，就像这桃花。

沿着铺满春天生机的山路，我们沉浸在桃花的芬芳中。真的应该感谢大自然，我一面享受着芬芳，一面欣赏着美景，一面寻找经过大自然造化的石头。我捡到一块石头，上面有着我们无法解读的图纹。

大自然是神秘的，我们永远不可能完全读懂它。在大自然面前，我们是微小的，我们是笨拙的，我们是虚弱的。

我们一面爬山，一面对大自然感怀。和桃树在一起，幸福又被唤醒。在这里，更能感受到春天的体温。所有的微笑聚集在一起，那是一种什么样的情景啊？漫山遍野的微笑使人心花怒放。漫山遍野的粉红桃花，使人温柔浪漫起来。

不知是谁说了一句什么，桃花羞红了脸，深埋在树的胸前。

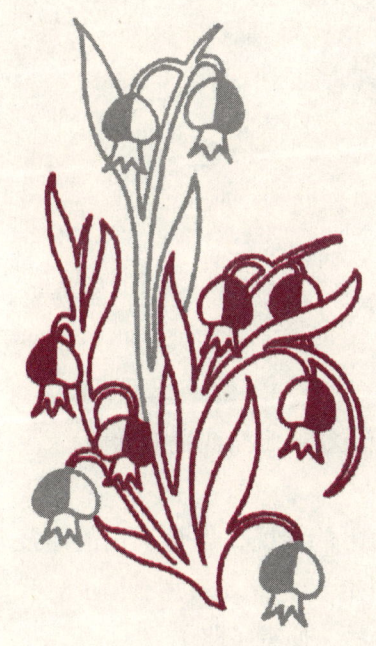

坚定不移的智慧是最宝贵的东西，胜过其余的一切。

——德谟克里特

走过你的梦

在这里，一个人的真实和自然性情被彻底激活了。
把脚步放慢，再放慢，和心灵一起前行。
一个人的视野只有高度提升才会变得开阔。站在山顶，我们深刻地体会到了这一点。

把脚步放慢，和心灵一起前行。这是一座壮美、神秘的山，当我第一眼看到它时，那种庄严肃穆，那种高峨威武，那种摄人心魄，那种超凡脱俗，把我的心震撼了。

卧虎山，这座雄壮威猛的山摆在我们面前。

从哪里上山？

虽然我们咨询了山下的居民，但是上山的路还是相当难走。一开始，还算是有条小路的，但走着走着，路就不见了。我们几个打趣说："山上本没有路，我们走过之后，便有了路了。"

幸亏我们中曾经有人爬过这座山，我们试探着前行。这个近乎原始的美丽的地方，有着纯净的风景。路途的艰辛被一路风景淹没了，一路的劳累被沿途的景色冲淡了。以前爬山，只能算是登山。因为那些山有路，甚至有台阶。而这次我们才算是真正攀爬。

瑞草争芳，野花竞放。很长的一段路我们是踏着草丛前行的，这让我们感觉脚步生动起来。不断有巨大的石头拦住我们的去路，我们只好翻越而过。我们不断地拉着树木，借着树木的力量向上而行。树木拉着我们的手，不停地拉着我们向上、向上。有人谈起一句诗，说有一首诗是：

树。

千手观音。

我们咀嚼着这首诗，感觉它意味深刻、耐人寻味。

卧虎山奇石天趣，妙造自然，惟妙惟肖，形象逼真。每一块石头，似乎都蕴藏着一个故事、一个传说。登高远望，它的美景打开远方黛青色群山的宁静、绵延。卧虎山的美丽神奇直击灵魂深处，是一种会让人迷失的美。

山腰处雾气蒙蒙，卧虎山似乎在梦里，我也似乎走在梦里。

文友们有的端庄优雅，有的诙谐幽默，给此次爬山带来美好的感觉。我们观赏着卧虎山那奇异的风光，此时，我们的谈笑和奇异的风光相映成趣。还有一段路是荆棘丛生的，更使我们兴奋的是当我们穿行于茂密的森林中，有一种探险的感觉。卧虎山山峻壑幽，绿荫覆盖，这里的树木过滤着阳光的影子，倾听着风的声音。它的生长，是那样的美丽生动。圣洁的树林里，幽凉的叶荫下，松脂的暗香，花草的芳馨，野果的清甜，鸟的啁啾，虫的吟唱，叶的微语，随风弥散，潜入心间的是那远古的清寂。山上有好几处兽类生存的痕迹。我们此次的来访不知打扰了它们没有，但愿我们没有打扰它们的生活。

这里有雄伟的景象震撼人心，也有清静的风景美丽醉人。卧虎山，属于莲花山东麓，海拔603米。山上植被丰茂，有乔木、灌木、蕨类植物百余种，鸟类80余种，山中有珍贵的植物药材野灵芝、何首乌和奇花异草天女木兰、达子香、天鹅绒忍冬、映山红、天麻、细辛、黄芪等。

"看！老虎！"有人喊道。远处有一处虎形的石头进入我们的视野。正是它使得这座山有了雄伟之气。

各种各样的石头遍布卧虎山：皇冠石、熊掌石形象逼真，初生牛犊、巨蜥出洞、金蟾鸣叫、神牛望海，这些象形石使人叹为观止。

有人开始喊山了，那种洪亮粗犷的声音此时因为山的感化变得野性而真实。在这里，一个人的真实和自然性情被彻底激活了。

一个人的视野只有高度提升才会变得开阔。站在山顶，我们深刻地体会到了这一点。

刚才我们的方向向上，现在，我们不想走回头路，下山时，我们探索

着前行。大方向向下就能下山？大方向向下就是对的？我们面对着一个哲学和现实的命题。

卧虎山下还有福亭寺的遗址和寺中和尚打坐用的莲花磴，它们默默地守望着岁月的变迁。

卧虎山之行，如梦如幻。我走在卧虎山的梦里。

虎踞龙盘，游过卧虎山，我们又前往盘龙沟。这是一条看似平常的沟。但当我们看见一块形似眼珠的石头时，我们感到了它的不寻常。据说这是龙眼，从侧面一看，真是像极了。再往前走，沟底一片片的石头上全是盘龙的花纹。大自然的神奇，让我们叹为观止。这些神奇的石头，一定有着奇异的魔力，一定有着神秘的传说。

我们依依不舍地离开了这里。这两处几乎少有人光顾的风景地依然安静地做着它们的梦。今天，我看到了那种乡野间酣畅野性的梦，那是一种瑰丽纯美的梦，那是一种被日月风雨滋养的壮美的梦。

真正高明的人，就是能够借助别人的智慧，来使自己不受蒙蔽的人。

——苏格拉底

永恒的迷失

也许，你神秘的梦境里有它；也许，你魂牵梦萦的地方是它。你，爱它。你，怕它。大漠荒原，千年胡杨，宁静、博大，同时升腾在这片精神圣地上。大漠，是我们的精神高地。

一个地方，有美丽的自然风光，这是大自然的赐予；一个地方，有深厚的历史文化，这是古人的赠予。

新疆的大漠，别具风格。新疆给予大漠的，是异域极致的风光；大漠给予新疆的，是粗犷与神秘。

不要把沙漠作为一种风景。因为大漠的厚重、辽远，已超出了风景的涵义。它不是单薄的美丽，而是一种壮丽。更多的时候，显现的是一种悲壮。沙漠的深处，有古老的历史，有深厚的文化。

无风的大漠，宁静得像一个淑女，亲近得像我们的母亲，细腻平滑的沙漠，可以拂平人们心底一切纷乱的思绪。

来到大漠，心灵便得到一次洗礼。

大漠上的太阳明晃晃的，赤裸裸的阳光，赤裸裸地洒在赤裸裸的大漠上。

阳光很好！

起风了。

只要风不大，有风的大漠便有了更多的灵性，生动极了、美丽极了。大漠有了风，便有了翅膀。被风吹动的沙子如同海浪一般在沙丘与沙丘之

间荡漾着，顷刻间风把他们的足迹打磨得无影无踪。

沙漠，正如时间，不论人的足迹多么深，都会将它抹平。人生的苦难也可以被时间抹去，不留下任何痕迹。

大漠荒原，千年胡杨，宁静、博大，同时升腾在这片精神圣地上。大漠，是我们的精神高地。

大漠，滋养着我们的精神。

我们的精神，在大漠的上空尽情飞扬。

大漠的上空，飞扬着思想的翅膀。

大漠的前身，也许是美丽的绿洲，也许是繁华的都市。它拥有美丽的风光，它拥有深厚的文化。只是，沧海桑田，今天它把大漠呈现在我们面前。

是迷失，是永恒？

感谢大漠，它让我们懂得了很多。

把所有的愚昧淘尽，会看到沉在最底下的智慧。

——贝尔纳

敬仰生命

春天的温暖，夏日的热烈，秋天的清爽，冬雪的洁白，是四季对你的赐予；花红柳绿，山清水秀，是自然对你的赐予。拥有善美的心，夜里便拥有一轮清月；拥有善美的心，清晨便拥有一轮红日。人应该学会敬畏。有信仰的人是幸福的。

"敖包"是蒙古语的音译，汉语意为"石堆"或"鼓包"的意思。在新疆也有敖包。有的是在圆坛之上，积石为台，重叠成圆锥体；有的则直接堆石而成。

生命和石头，有没有关联？现代蒙古族人祭祀敖包，实质上就是传统祭祀神灵赐福消灾习俗的传承。将石头与生命联系在一起，这说明蒙古人有崇石的习俗。

蒙古族先民还崇拜各种树木，特别是崇拜那种树干挺拔、绿荫葱郁的大树。

自然与生命，是一种什么样的关系？

蒙古族传统的敖包祭祀形式大致有三种：

一是血祭，即宰杀壮牛肥羊供奉在敖包前以祭祀神灵，这种祭法在兴安地区现已不存在了。二是洒祭，就是"洒注礼"，即在敖包前滴洒鲜奶、奶油、奶酒等物以祈求幸福，到了近代，还增加了白酒、点心等祭物。三是火祭，即在敖包前堆干树枝或干牛马羊粪点燃，祭祀者排队绕火三圈，边转圈边念着自家的姓氏，然后供上祭品，把全羊投入火堆里。火烧得越旺越好，因为这象征家族各业兴旺。

青年男女相会敖包，相互追逐，谈情说爱。

有生命的地方，就应该有爱情。

牧人每次经过敖包，都要在敖包上放几块石头；客人每到敖包前，一般都要按蒙古族习俗绕包三周，同时心中许愿，并在敖包上添加石块以求心愿得偿。

人应该学会敬畏。

有信仰的人是幸福的。

这是诚恳的民族。

这是敬仰生命的民族。

这是敬仰自然的民族。

这是拥有信仰的民族。

当我们敬仰自然时，自然也会用它的大爱拥抱生命，拥抱我们。

德可以分为两种：一种是智慧的德，另一种是行为的德。前者是从学习中得来的，后者是从实践中得来的。

——亚里士多德

吐鲁番的葡萄熟了

一个神奇的地方，一个令人神往的地方。在那遥远的地方，在那火热的天堂，有最充足的阳光，有最热情的阳光，于是，也就有了最甘美的果实。

听着刀郎的歌，去吐鲁番。

"二○○二年的第一场雪，

比以往时候来得更晚一些。

……"

但吐鲁番的热浪涌来，刀郎的歌声漂浮在干烈的空气中。

烟云缭绕的火焰山下，郁郁葱葱的木头沟河畔，有一座规模宏大的人文景观——大漠土艺馆。

火焰山腹地的五百罗汉谷，是佛光宝地。著名的佛教遗址——柏孜克里克千佛洞就开凿在此谷，在古代是高昌回鹘王国的王家寺院。

想当初也是雕梁画栋、金碧辉煌，因历史上的宗教战争、人为和自然的破坏摧残早已疮痍满身、面目全非，引发了人们无限的历史感慨。万佛宫，是大漠土艺馆的主体工程。这个大型宫堡由三个直径十米、高十二米的窟窿顶建筑组成，是迄今新疆境内最大的佛教艺术殿堂。据考古学家发现，新疆古代的佛寺不少就是采用了这种式样的建筑。有趣的是，世界三大宗教：基督教、佛教、伊斯兰教都对窟窿顶建筑情有独钟。进入宫内迎

面一尊十米高的彩绘大佛雄伟壮观、气派不凡，是依据焉耆出土的雕塑精品红衣佛放大塑造的。

万佛宫西侧为四个穹顶建筑，像串糖葫芦似的连在一起，为玉石、帽子、服装、铜器等展室。西北角的木制品展室展示多种旋制、彩绘的木制品和土式机械。穿过钟亭可参观土陶展院，这里有老式以脚踏为动力的陶轮和一片很壮观奇特的土馒头（制作大陶的模具）。

北侧小院有两座土陶窑，一座是从新疆土陶之乡英吉沙县移植的，一座是吐鲁番本地馕坑窑（馕——新疆的烤面饼）游人在这里可参观土陶制做的全过程，还可观赏土陶器皿。经过一条往下的阶梯，便进入一个半地下的、结构繁复的民居建筑，属于典型的吐鲁番式土拱院，庭院冬暖夏凉。

吐鲁番可以说是古代生土艺术的精粹之地，但随着古代宗教战争的破坏和现代化进程导致的风俗的移易，生土艺术日渐式微，仅存的也不过是些废墟遗迹，生土艺术的存续面临断裂的危险。而大漠土艺馆因地制宜，利用吐鲁番干旱少雨之条件，就地取材，直接用当地的泥土为材料进行建造和雕塑。大漠土艺馆内的建筑和雕塑完全根据生土艺术塑造原则建造而成，有天然天成之趣，是古代西域生土艺术的一种现代化成熟地展示。

高昌古城规模宏大，十分壮观。总面积 200 万平方米，是古代西域留存至今最大的故城遗址。城呈长方形，周长 5 公里，分外城、内城、宫城三部分。城内，可参观外城墙、内城墙、宫城墙、可汗堡、烽火台、佛塔等留存较为完整的建筑，其余的便是残破土墩、败落壁垣了。

内城北部正中有一座不规则的方形小城堡，当地人称"可汗堡"。佛寺两侧曾立着高大的佛塔，院内正中有残存塔柱，而佛龛内则残存着菩萨像和壁画。据考证，这是当年唐僧玄奘西游路过高昌国时，被国王菊文泰挽留一月讲经之处。

葡萄沟，缀满珍珠玛瑙。上帝给吐鲁番最充足的阳光，最热情的阳光，也给吐鲁番最甘美的果实。

这是上帝的果实。

坐在葡萄架下，我听到一个风趣的故事：有一个汉族人买了一把维族人的扇子，用了一天便坏了，他找到卖扇子的维族人说扇子不耐用，维族人对他说，你用扇子的方法不对，我们都是这样扇扇子的。维族人举扇子的手并不动，而是来回摇晃动着脑袋。

我们为维族人的风趣欢笑。

挂满甘美葡萄的吐鲁番，也挂满欢笑。迷人的葡萄沟，是火洲的"桃花源"。位于吐鲁番市东北 10 公里的火焰山，这是一条南北长约 7 公里、东西宽约 2 公里的峡谷。这里依山傍水，安静、幽雅，景物天成，数条葡萄长廊深邃、幽静，你可以信步葡萄架下，仰首尽情观赏珍珠般的葡萄，你可以坐在葡萄架下品尝鲜葡萄。天山雪水沿着第一人民渠穿沟而下，潺潺的流水声给葡萄沟增添了青春的活力。两面山坡上，梯田层层叠叠，葡萄园连成一片，到处郁郁葱葱，犹如绿色的海洋。在这绿色的海洋中，点缀着桃、杏、梨、桑、苹果、石榴、无花果等各种果树，一幢幢粉墙朗窗的农舍掩映在浓郁的林荫之中，一座座晾制葡萄干的"荫房"排列在山坡下、农家庭院上，别具特色。夏天，沟里风景优美，凉风习习，是火洲避暑的天堂。

新疆有一首歌谣"吐鲁番的葡萄哈密的瓜，库尔勒的香梨人人夸，叶城的石榴顶呱呱。"在葡萄沟品尝葡萄的甜美和清凉，可以领会吐鲁番火辣辣之外的那份清凉惬意。

我不知道这里是否也埋藏着痛苦，但我从这里阳光般的欢笑中丝毫看不出它们的一丝愁倦。这里的老人多、孩子多。老人多、孩子多的地方，我想一定是拥有最美时光的地方。这里的老人都很长寿，脸上洋溢着满足的笑容，腰板硬朗，有着自然赋予的明亮的目光。我想这除了它们可以享用最鲜美的瓜果，更重要的是他们没有都市人贪婪的欲望和纷乱的心绪。天人合一的自然景观，平静坦荡的心怀是快乐的福祉。

快乐的心情之藤，爬满支起阳光的地方，那幸福、快乐的果子便会甘香美甜。

生活也是这样。

人生也是如此。

学会恬淡。

恬淡，使现实更真切；恬淡，使生活更真诚；恬淡，使希望更贴切；恬淡，使未来更美丽。

真正的美德不可没有实用的智慧，而实用的智慧也不可没有美德。

——亚里士多德

面朝大海

大海，旅游度假的天堂。青岛，因崂山而神秘，因大海而浪漫。那片浩瀚无垠日夜涌动着生机的大海，是我们永远的诱惑。与大海相亲的视野和肌肤，与大海相融的灵魂。

对于大海，我一直非常向往。

大海的波澜壮阔，大海的博大胸怀，给我们视野的滋养，给我们心灵的慰藉。

青岛，一个美丽的名字，一个美丽的地方。青岛，是一个三面环海，一面和大陆相接的半岛岛城，素有东方夏威夷的美誉，"红瓦绿树，蓝天碧海"就是它的真实写照。

她还有一个雅丽的称呼：琴岛。琴岛，是位于青岛海边不远处的一个小岛，从空中俯视小岛，就像一把优美的小提琴，横亘于浩渺的碧波之上，故有琴岛的美名。所以，这里有着天籁般的音乐，有着美妙的节奏。那是自然的音乐，那是自然的节奏。来到这里，你会怦然心动，那是一种和心跳同一频率的节奏。此时，我的心跳和这里的山、这里的水、这里的一切同一频率地一起跳动。

那座白色的灯塔，端庄秀丽地站在那里。它在守望着什么？它在眺望着什么？夜里，灯塔里的灯闪亮起来，那红宝石似的灯光映射在海面上，波光粼粼，如梦如幻，与栈桥上的灯光遥相呼应，形成了一幅美轮美奂的"琴屿飘灯"的夜景，给这座城市的夜色增添了一份绝妙靓丽的色彩。我

想，这是都市中最美的光彩，这是都市中最醉人的光景。——夜色天堂，我突然感觉此时的琴岛就是夜色天堂。现代人，看多了都市的灯红酒绿，那只能带来一种麻木或躁动。而这里，带来的是一种陶醉。这里流淌着的，是一种多么奢侈的浪漫情调啊！

栈桥，一条伸向大海里的长堤。是大地伸向大海的一条手臂，揽着蓝色的大海；还是大海把自己放低，用浪花托起大地？此时，你走近大海，靠近大海的心脏。走在栈桥上，脚旁波涛汹涌。大海，在为你的脚底按摩。栈桥，像一条长龙横卧于碧海银波。闻一多曾在散文《青岛》中这样描绘黄昏时的栈桥："西边浮起几道鲜丽耀眼的光，去别处你永远看不见的。"

"回澜阁"，八角形的阁楼，它高高地站在大海上，为的是观望低低的大海。一个是狭窄的，一个是低低的。一个是高高的，一个是宽阔的。高低、狭窄、宽阔，就这样被大海融合在一起，吸引着远方，吸引着高处。所以，生活中尊重那些低矮的一切，是因为你的善爱，更是因为你的高尚。

面朝大海，心胸打开。如果有海一样宽广的胸怀，就不会有那样的琐碎的烦恼。

游艇满载着游人，在海面上游弋穿梭。是游艇割破了大海，但大海却扬起微笑。

心灵，总是投奔善良的。善良，总是应该受到保佑的。从栈桥沿海滨栈道前行，可以走到天后宫。这里是青岛的妈祖庙，渔民们用心朝拜，便会得到保佑与呵护。

礁石，在惊涛骇浪中岿然不动，总是保持一种挺立的姿态，正气凛然。

青岛的标志是"五月的风"，它充满跳跃的动感、激情活力。它以螺旋上升的风的造型和火红的色彩，张扬着腾升的力量。

八大关，这里洋溢着一种异国情调，这里洋溢着一种浪漫情怀。这里汇聚着世界各国建筑的别墅，是用我国历史上著名的八座关隘命名的，如山海关路、居庸关路等。八大关，古老而幽雅，那些带有各国风格的不同建筑物均掩映在绿树丛荫之中，一如童话中的蛋糕房子，甚有异国风情。

公主楼，据说是丹麦的国王送给二公主的生日礼物，它蓝白色的外墙面，尖尖的屋顶，清秀俏丽，就像一位温文婉约的公主。花石楼，则是因为蒋介石曾经在这里居住过而闻名。这些，我们按下暂时不表，光从这里的独具特色的建筑来讲，就很有魅力。浓荫蔽日，庭院深深，宁静美丽，仿佛是一次愉快的欧洲之旅。另外，爱在这里是那样浪漫和令人向往。据说，人们都喜欢选择在这里谈情说爱或求婚，因为在这里求婚的成功率高达99.99%。带着你的爱，来到这里吧！带着你的爱，离开这里吧！

崂山，"神仙窟宅""灵异之府"。顺着喧嚣的山间溪流，徒步朝山顶攀登，沿途山秀峡奇，风光秀丽，水声似娓娓动听的乐章，令人们尽情感受峰回路转的奇妙意境。崂山花岗岩坚硬美丽，北京天安门广场的人民英雄纪念碑的碑体，就是用崂山中的一块完整的花岗岩石做成的。这里是道家圣地。千年银杏、古槐、古松古柏，给这里增添了无穷魅力。

青岛，因崂山而神秘，因大海而浪漫。

那片浩瀚无垠日夜涌动着生机的大海，是我们永远的诱惑。与大海相亲的视野和肌肤，与大海相融的灵魂。

海的博大和宽厚包容，海的广阔胸怀，海的永葆青春的活力，海的恒久的情思，海的雄性奔腾，给了我们无穷的力量和感怀。

海上升明月，天涯共此时。

青岛是一个梦。

青岛是鲜活生动的，青岛是真切的。

大海永远不会冬眠。寒冷，它的热情奔放不会冷却。

抬头，是蔚蓝色的天空。远望，是一望无际的碧蓝海水。近处波光粼粼，远处渔船点点，缕缕白云飘过头顶，翱翔的海鸥掠过眼际。

把大海放在心中。海不仅仅是看的，更需要感受，感受多了，海才记得你。

缺乏智慧的幻想会产生怪物，与智慧结合的幻想是艺术之母和奇迹之源。

——戈雅

携一本书去一个幸福的地方

真正美好的地方，除了能带给你一个美好的风景，还可以给你一个美好的心情。它既可以养眼，也可以养心。读一本有关幸福的书，走进幸福的地方。读一本有关幸福的书，走在幸福的路上。

携一本书去铁山寺。

首先是白岩松的率真和犀利让我关注了《幸福了吗》。他的真性情，他的深刻思考，更重要的是他的能大胆直言，让人们一次次关注起这位电视主持人的书来。在动身前往铁山寺前，我拿上一本《幸福了吗》，作为一路上欣赏的另一道风景。

在白岩松的《幸福了吗》书中，这位素来以眼光犀利著称的央视新闻评论员，对当下中国人幸福感缺失的现实，给予了一针见血的"诊断"："并非时代造成人们不幸福，而是现在到了一个人们开始关注幸福的时代。"《幸福了吗》率直地袒露了自己内心世界的茫然、纠结和最终无愧于内心的选择，白岩松说，"快乐只是片刻的，可以五秒钟一笑而过，但幸福是个长久的状态，是人心灵上持续的平静和圆满。以前大家都觉得，楼上楼下电灯电话就是幸福，可如今物质富足了，却发现幸福并没有到来。"

我们很多人都在发动着、进行着一个人的战争。我们的内心有着许多敌人，他们无时无刻地在和我们对决。他们也许很强大，在摧毁着我们经营起来的静美心境。这些敌人有的来自私军团，有的来自贪婪战队，有的来自邪恶组织，有的来自颓废团伙。面对这些军队，我们如果没有强大坚定的信念，很难战胜这些敌人。硝烟弥漫中，我们自己会溃不成军。

铁山寺到了。

铁山寺森林公园方圆七十多平方公里，里面有原始次生林海、天泉湖。这里的美丽神奇直击灵魂深处，是一种会让人迷失的美。真正美好的地方，除了能带给你一个美好的风景，还可以给你一个美好的心情。它既可以养眼，也可以养心。

在大自然的怀抱里，在清新温润的山水间，人有一种焕然一新的感觉。和着大自然的脉动，进入一个崭新的境界。这里繁衍生息着 40 多种野生动物，170 多种鸟类，280 多种高等植物，800 多种中草药，其中绝大多数为南北地域边缘物种，是天然的动植物基因库。它像一枚精心雕琢的玉，温润、细腻；它是一处天然氧吧，绿色、清新。那里生长着美丽、古朴，那里孕育着梦幻。

这里处于暖温带至亚热带森林群落类型区，有野生树种 274 种，其中既有南方物种，南方的猕猴桃、情人果、江浙钓樟，还有北方的物种如大叶朴，更有中草药 800 多种，如绞股蓝、两面针、活化石物种蕨类植物、令人谈树色变的咬人树。古树、古木，千姿百态构成了这一原始森林的自然生态园。来这里的吧！吸生态氧，赏山水奇观，赏葛藤园，看孔雀散养地，这里有最美的风景。这里绿荫掩映，纯朴壮丽，树木遮天蔽日，郁郁葱葱；地上绿草茵茵，花团锦簇。圣洁的森林里，幽凉的叶荫下，松脂的暗香，花草的芳馨，野果的清甜，鸟的啁啾，虫的吟唱，叶的微语，随风弥散。

绿水青山，相互辉映；兽鸣鸟啼，醉荡芳心，丰富多彩的植物景观，珍贵稀有的动物生态，组成了一幅天然的画卷，体现了大自然的风姿。

我们进入一片滋养生命的绿色氧吧。

这里有一种气场，这种气场可以使人安宁、乐观、智慧、宽广。

这里，春日迎春火棘，丹山杜鹃；夏日长天碧云，百鸟飞泉；秋日白云红叶，霜染层林；冬日北国雪松，长山逶迤。

这里山岗沟底清流潺潺，经溪水抚摸失去棱角的火山石下盛产石蟹。汩汩细流汇集山涧，直奔天泉湖，天泉湖水域 9 平方公里，湖面开阔，轻雾迷蒙。湖面四周层层山峦，近山浓翠，湖光山色交相辉映。天泉湖有百

种鱼，珍贵的国家一级保护鱼类"中华鲟"在天泉湖中试养成功。并建有大型养殖基地，盛产银鱼、鲢鱼等。这里的水，很嫩。有水的地方，美丽会伴随而生。这里也不例外，它像水灵灵的姑娘，浑身散发着青春的美丽和活力。

铁山寺，茂林秀竹，翠竹端直挺秀，风雅宜人，疏风醉影。走在竹径小路上，感觉"竹径条条通幽处，游人处处画中行"。刚毅挺拔、潇洒伟岸、傲雪不凋，竹的魅力在此充分展现。这里的山水温婉、柔美、淡定、从容，美丽多姿。返璞归真，推崇自然的时尚，给我们带来春天的心境。这会让人心清气宁、恬静、优雅。在这个时代里，始终保持一种优雅的生活姿势，始终保持一种优美的心境，则是一种有香味的生活，则是一种美丽的生活。在大自然的怀抱里，在清新温润的山水间，人有一种焕然一新的感觉。和着大自然的脉动，进入一个崭新的境界。

这里弥漫着佛教的芬芳。雄伟壮观的铁山禅寺大雄宝殿高 24.8 米，室内占地面积 880 平方米。来到这里，我们的脚步自动变得轻缓，我们怕打扰这里的清静。这里是一个清心世界，与其隔绝的是外界的那种嘈杂和喧嚣，扑面而来的是安静和香火燃烧产生的芳香。我们在这里，可以等一等被我们落在后面的心灵，关照一下被我们冷落的心灵。我们给身体的太多，给心灵的太少。在这里可以清心养神，呼吸幽静的芬芳。心静下来，阳光温暖起来，空气清新起来。面向阳光，沐浴温暖。清风吹拂，送来离心灵最近的祝福。

铁山禅寺大殿内所有的佛像都是由香樟木雕刻而成，因此大家进入大殿即可闻到扑鼻的清香。佛像高 7 米，是江苏省室内中木雕刻最大佛。左边是东方琉璃世界教主药师佛能帮助众生消除痛苦，右边阿弥陀佛能指引众生死往极乐世界，中间是释迦牟尼佛像。不管我们站在哪个方向，始终能看到佛祖的眼睛在注视着我们。僧人们外表精致优雅、举止得体大方、言谈彬彬有礼、声音轻缓悦耳、眼神充满善意。我想，有着一颗柔软的心、感恩的心、欣赏的心、包容的心、快乐的心，所以他们的心灵的窗户里才闪烁着温暖美丽的光芒。

这里的建筑古色古香，与附近的山水和谐相映。我们怀揣着崇敬之情走进它，我们不是以游览观光的心情走进它的，我们以敬仰的心，以崇拜的心，走在这铺着历史的青石板或青砖路上。我仿佛走进历史的隧道，触摸到佛祖的体温，亲聆佛祖的教诲。

这里，是离心灵最近的地方。这里的风景最为深沉，这里的风景最有厚实感。这里的风景最有思想，这里的风景亘古永恒。这样一个有佛教文化意义的地方，这样一个特别亲近自然和善美的地方，使你心中的疲劳困顿都会在这里洗涤一空，使你的心中的善美都会在这里激荡起来。让我们乘着自然和佛教的光芒，做一次心灵的旅行。这里给予了我们美丽多彩的视觉盛宴，也给予了我们丰美的精神盛宴。

白岩松送给自己十二个大字：捍卫常识，建设理性，寻找信仰。让我们乘自然和佛教的光芒，做一次心灵的旅行。这里给予了我们美丽多彩的视觉盛宴，也给予了我们丰美的精神盛宴。

读一本有关幸福的书，走进幸福的地方。

读一本有关幸福的书，走在幸福的路上。

再见！我还会再来的。

智慧表现在下一次该怎么做，美德则表现在行为本身。

——约尔旦

水做的聊城

有水的地方，美丽会伴随而生。这里也不例外，它像水灵灵的姑娘，浑身散发着青春的美丽和活力。它蓝得异常动人，和天空蓝成一色，和天空也醉在一起。水是辽阔的，天是辽阔的。心，也辽阔起来。

聊城，鲁西北的一个古城。

它静静地随时光流逝散步般的前行着。

古朴，聊城。在时尚充斥的今天，古朴更彰显出它幽幽的魅力，古朴更展现它从容的力量。

风景，只有和心境和谐时，才会放射出醉人的光彩，才能发出震撼人心的光晕。

风，柔柔的。像少女的小手，轻拂你的肌肤。

这里的风景，不能说是多么美丽，但完全可以说它是如此动人。

湖水，有时荡漾出一种幽怨，有时洋溢出一种欢快。乘船游走在古运河上，就像游走在漫漫的历史长河中。一个人，在历史的长河中，是多么的渺小，是多么的微不足道。在历史面前，在自然面前，我们才会感到一个人的真正位置。

水波荡漾，心情也随之激动起来。

有水的地方，美丽会伴随而生。这里也不例外，它像水灵灵的姑娘，浑身散发着青春的美丽和活力。它蓝得异常动人，和天空蓝成一色，和天空也醉在一起。

水是辽阔的，天是辽阔的。

心，也辽阔起来。

水醉了，天醉了，我也醉了，你也醉了。这种醉，不是灯红酒绿的麻醉。这种醉，醉得幸福。在这种醉里，你不愿醒来。

据说，李鹏在来聊城时，乘一艘船游古运河。天空一片祥和，古运河的水一片安详。

李鹏游性正浓，忽见一条大鱼从河水中跃出，跳到船上。李鹏抓住这条鱼，兴高采烈。随行人员欢欣鼓舞，说："这条鱼和总理有缘，今晚就用这条鱼为总理做一盘美味。"

总理哈哈一笑，随手把鱼轻轻地丢进河中，众人不解，总理说："因为这条鱼和我有缘，所以应该把它放回河里啊！"

所以，说不定你下次在古运河看到的某条鱼就是跳到总理船上的那条鱼呐！

它的色彩不是五彩缤纷，它有一种水墨画的风格，散发着水墨画的芬芳。

淡淡的，是聊城的颜色，是聊城的心情。两岸的建筑也是有些古朴风格的，它们相得益彰，演绎着一种江北水乡的散淡、江北水乡的婉约、江北水乡的别致风姿。

孔繁森，从这里走出。他把这里的朴实、忠厚带到雪域高原。当时，他二进西藏，那是一种怎样的高风亮节？

我们怀念，我们惋惜，我们多么希望有更多这样的公仆！

孔繁森，您是聊城的骄傲！

孔繁森，您是聊城的自豪！

孔繁森纪念馆，以一种朴实的姿势立在聊城。它是聊城的一笔精神财富，它是聊城的历史丰碑。

水做的聊城

很嫩

水做的聊城

如此鲜活

水做的聊城
如此生动
在水的怀抱里
你如此安宁
在水的怀抱里
你如此温润
阳光如此丰美
岁月慢慢流动
母亲在哪里
家在哪里
灵魂深处就在哪里
来到这里
你就知道什么是安详
来到这里
你就知道什么是幸福
聊城
悠悠的脚步
度量着明静的心情
度量着岁月的从容

人的智慧掌握着三把钥匙：一把开启教学，一把开启字母，一把开启音符。

知识、思想、幻想就在其中。

——雨果

鲁西北明珠

这里是我的家乡。我喜欢这里，在这里，可以热爱的东西很多，几乎都是不用理由的。黄天厚土，草肥水美，阳光风霜。无论走向哪里，心总是皈依于故乡，我的根扎在这里。

临清，地处鲁西北平原，视野开阔明朗，我想起了达摩达拉的一句话：只有可以自由享受广阔的地平线的人，才是世上最快乐的人。这里给人的感觉平静而深厚，民风朴实，宁静而祥和，在这美景中，在它打开人视野的同时，也打开了人的心灵。在这片有着清清河水的地方，在这片依然保留着蓝色天空和悠悠白云的地方，它就是我的家乡——临清。她给予了我们美丽多彩的视觉盛宴，也给予了我们丰美的精神盛宴。

大运河从这里流过，古桥、古塔、古寺，给人一种古朴的气息。临清，在充斥时尚的今天，古朴更展现它彰显出它幽幽的魅力，古朴更展现它从容的力量。它的色彩不是五彩缤纷，它有一种水墨画的风格，散发着水墨画的芬芳。淡淡的，临清的颜色，临清的心情。这种风格，演绎着一种鲁西北乡村的散淡、婉约的别致风姿。

在过去两千多年的漫长历史中，临清曾经是一个繁荣的城市。隋代开通京杭大运河之后，临清是运河上的一个大码头，几百年中，商贾云集，百业兴隆，歌楼舞馆，鳞次栉比。据季羡林考证，英国学者亨利·玉尔的名著《东城记程录丛》中，就有关于临清的记述：这是天主教神父鄂多瑞克旅行记中的一段记载，时间是1316年至1330年，是在中国的元朝。原

文是：离开了那座城市 Manzu，沿淡水运河走了八天以后，我来到了一座城市，叫做 Tenyin。它位于一条叫做 Caramoran 河的岸上，这一条河流经中国的正中，一旦决口，为害甚剧，正如 Fenara 的 Po 河。季羡林认为，"根据鄂多瑞克航行的时间，再根据此城的地望，此城必是临清无疑。"

黄色的土路，黄色的土坯房，黄土抹的房顶，那时的康庄给他的印象就是到处全是黄土，而正是这些黄土，孕育了一位大师。而如今的临清却今非昔比。他在《月是故乡明》一篇散文中，用在世界上不同国家、不同环境下看到的月亮，同故乡的月亮做了比较，他说："看到它们，我立刻就想到我故乡那个苇坑上面和水中的那个小月亮。对比之下，我感到，这些广阔世界的大月亮，万万比不上我那心爱的小月亮。不管我离开我的故乡多少万里，我的心立刻就飞回来了。我的小月亮，我永远忘不掉你！"

农村的田地里种满各种各样的庄稼和蔬菜，给大地铺满绿色。这里的绿色很养眼，也温润人的心。这里，一定生长着美丽的传说，一定隐藏着动人的故事。这里的人们是幸福的，因为纯净。纯净的生活，纯净的劳作，纯净的心灵。这里的人，拥有的是阳光，拥有的是单纯，拥有的是美好，拥有的是幸福。我沉浸在远古自然的芬芳之中。这天人合一的自然景观，平静坦荡的心怀是我们快乐的福祉。

走进临清的乡村，人们一碰面便互相热情地打招呼，大家一边悠闲地行走，一边说笑。不像都市人，匆匆忙忙、冷淡漠视。

临西与临清一河之隔，运河把两个县域分割开来，桥就担当着特殊的意义了。两县的人便通过桥，走近对方进行各种活动往来。在这座桥的边沿，也摆上商品叫卖。一位妇女，红色的脸庞蓄满着阳光的颜色，羊肚毛巾蒙在头上，已是不多见的远逝的风景。她就是在这座桥上卖小农具的，她从不叫卖，她静静地站在自己的小摊前，等待来往的顾客来挑选小农具。其实，她根本不会叫卖，看她那憨厚的样子，我也想象不出她会叫卖，那样她一定会不好意思、会难为情的。即使顾客来挑选她的商品，她也只是笑一笑，看着顾客挑选，自己从不多嘴。这反而给顾客一种信任感，多数顾客也是并不还价地买走选中的东西；有还价的顾客她也是只是笑，说："俺的东西不还价！"如果是在城市的商店，服务员说："本商品概不还价！"你会感到她的服务态度不好、回答有些生硬或商店不会经营，但在这里你却丝毫感觉不到那层意思，反而感到她很实诚。有时，她和过往的认识的路人打着招呼，询问今天做的活计可好，说着一些家常话。

桥上的风很大，阳光很灿烂。

经年的风吹日晒，已把她的脸庞磨砺得有些粗糙。但她的脸上并不缺乏笑容，就像这座桥上并不缺乏阳光。生活的艰难并没有完全使她丧失对未来的希望，她对当下生活的满足使得她即使面对着风吹日晒也心情舒坦。

我不忍心打扰她的宁静，因为宁静就是她的幸福。作为黎民百姓，还有什么比平安宁静更幸福的吗？他们深深地知道富贵荣华与他们无缘，所以用自己的劳动得到自己的报酬，虽然收入很少，但只要能维持一家人的日常生活就很满足了。

卫河之水在她的脚下流淌着，其实，千千万万像她这样的人们忙碌着，不正组成了另一条卫河吗？

这里拥有丰富的宗教文化，那壮美的建筑，就是立体的凝固的宗教文化。临清清真寺建筑规模宏大，建筑风格既具有伊斯兰宗教建筑特点，又更多地体现了我国传统的木结构建筑风貌。大殿雄姿巍峨，铜顶高耸入云，金光闪烁。清真寺，阿拉伯语称为"麦斯吉德"，意为"礼拜的场所"，临清俗称"礼拜寺"。望月楼为歇山重檐牌楼式建筑，结构精巧，玲珑别致。门楣正面是镶着毛泽东手书"清真寺"的匾额。望月楼后面悬挂着两块匾额，一块书"正意诚心"，一块书"彝伦攸叙"，系清代乾隆、嘉庆年间名人书写。这里的一切是那么安详，一切是那么端庄。纯美的圣地，在这小城中不声不响，但却始终影响着小城，给小城的人们带来吉祥。穿过望月楼，便步入石材垒砌的丹墀四面玉石栏杆环抱。一座宏伟壮观，富丽堂皇的高大建筑便展现在面前，这就是清真寺的主体大殿。它由隆起的前殿、后殿，抱厦等组成勾连搭式建筑。殿顶为庑殿式结构。正门两侧悬挂的是清代康熙年间临清知州、著名书法家王勃书写的楹联。上联是："物何明伦何察萃千古希贤希圣俱是克念得来"；下联是："乾资始坤资佳极两仪成像成形莫非真宰造化"。正殿广厦后檐连接着后殿，殿顶为勾连搭式，上部是三个六角形伞盖式亭楼为主体的窑亭，窑顶峰折陡峭，攒尖顶部装以鎏金葫芦形装饰。大殿左右，建有角亭对称。角亭建在台基

之上，玲珑剔透，将大殿衬托得更加庄严肃穆。大殿南北两侧的讲经堂相互对应。讲经堂前为卷棚廊厦，花格落地门，八角开窗，匾额、楹联装点其间，似透露出缕缕书香。进入殿内，深沉而神秘的气氛扑面而来。殿内列柱林立，高大而空旷，墙壁上彩绘着以暗红、棕和金色的卷蔓纹及阿拉伯文字组成的图案。殿正中设有"圣龛"，朝向圣地麦加，右方有敏拜楼，殿间有拱门贯通，殿内可供2000余人礼拜。弥足珍贵的是殿内拱门两面墙体上仍保留着明代的壁画，花卉果树，生动写实。后殿藻井绘制更是精巧，以阿拉伯文字和花卉组成几何形图案，工整细腻，古朴典雅，历经数百年仍光彩照人。整个清真寺建筑，是由两排左右对立、中高两低的木牌坊与歇山重檐楼阁合为一体的。建筑形式以我国传统为主调，透露着外来气息，布局精巧，结构紧严，舒展大方，是不可多得的建筑艺术佳作。院内古柏参天，幽深静雅，名人佳句、先贤哲语跃然匾额楹联之上，让人赏心悦目，流连忘返。我们不得不为古老的建筑感叹，我用敬仰的姿势观看这神圣的建筑。

东寺，与北寺遥相呼应，是著名的临清三大寺之一。始建于明代成化元年（1465年），距今已有500多年的历史。占地面积2万余平方米。建筑有大门、二门、穿厅，正殿、对厅、南、北讲经堂、沐浴室等组成。正殿为宫殿式造型，殿顶呈凸安形四角飞檐，门为落地格扇。殿内是松木地板，悬阿文经字匾六块，水彩各形阿文通天木柱八根。尤为珍贵的是殿内至至今保存着30幅绵纸壁画，为国内同类建筑中仅见。殿内圣龛两侧为阿文圆光，左侧字意为："你们进入穆斯林行列吧"。右侧字意为："你们进入主的乐园吧"。殿堂内雕梁画栋富丽堂皇。对厅面阔三间，进深二间，落地格扇，六门相连，八角两窗，前有门楼彩绘精雕，造型别致。上悬古匾三方，为"万化朝真""一本万殊""道有统宗"。整个建筑融中国传统建筑艺术与伊斯兰文化为一体，是不可多得的建筑艺术精品。走在这宗教文化的长廊里，你的心会得到纯洁和滋养。

宗教，给这里的人带来精美的心境、善良的品行和安静的心态。临清的街道，干净、安宁，走在城区里，你的脚步不会因都市紧张的节奏而加快，你可以随着小城悠闲的节奏漫步街道之上，感受慢节奏带给人的幸福。

恬淡，使现实更真切；恬淡，使生活更真诚；恬淡，使希望更贴切；恬淡，使未来更美丽。幸福，洋溢开来。

我喜欢这里，在这里，可以热爱的东西很多，几乎都是不用理由的。黄天厚土，草肥水美。无论走向哪里，心总是皈依于故乡，我的根扎在这里。

缺乏智慧的灵魂是僵死的灵魂。若以学问来加以充实，它就能恢复生气，犹如雨水浇灌荒芜的土地一样。

——阿布尔·法拉治

你见过那一朵花儿是丑的吗

你见过哪一朵花儿是丑的吗？生命是美丽的，生命是生动的，生命是鲜活的。生命，就像花朵，美丽芬芳。

　　她的身体有些胖，看见同伴的苗条身材，她心里很难受。她每天闷闷不乐，对学习也不感兴趣了。

　　一次，父母领着她去逛公园。由于她很胖，连路都不愿意走。虽然公园里鸟语花香、景色宜人，但她却怎么也高兴不起来。

　　走到一片花地面前，爸爸让她仔细地观察每一朵花儿。

　　爸爸说："仔细看看，看能找出一朵丑的花儿吗？"

　　好漂亮的一片花儿啊！有的鲜艳迷人，有的芳香四溢，有的花朵硕大，有的花朵瘦小。但不管是什么样的，每一朵花儿都是那么美丽。

　　爸爸问："看到哪一朵花儿是丑的了吗？"

　　她摇摇头，疑惑地说："怎么没有一朵花儿是丑的呢？"

　　爸爸问："那朵牡丹花儿多丑啊？那么肥大的花瓣。哪有茉莉花儿好看啊？你看茉莉花儿娇小瘦弱，多好看啊！"

　　她疑惑地摇摇头，说："不对啊！我怎么感觉它们都很好看啊？"

　　爸爸笑着说："你的感觉是对的！小朵的花儿有小朵的花儿的美，大朵的花儿有大朵的花儿的美，每一朵花儿有每一朵花儿的美。"

　　她点点头。

爸爸接着问："我们一般把像你们这么大的孩子比喻成什么啊?"

"花朵。"她回答。

爸爸说："你们就像花朵一样,你们每一个小孩儿都是可爱美丽的。既然没有哪朵花儿是丑的,你能说哪个小孩儿是丑的吗?"

她明白了,高兴地笑了。此时,她感觉自己也是美丽的,就像那朵大大盛开的牡丹。

智慧,勤劳和天才,高于显贵和富有。

——贝多芬

谁最幸福

学会感悟幸福，让自己幸福起来。幸福，其实离你并不远。幸福就在不远处。把平淡的日子往幸福那边靠，因为，平淡中孕育着幸福。

在一次班会课上，老师问学生："感到幸福的同学请举手！"

四十多个学生没有一个举手的，教室里静静的，似乎学生们在思考着什么。

老师又问了一句："谁最幸福？"

还是没人回应。但这时开始有人窃窃私语起来：

"能幸福吗？"

"就是，学习压力这么大！作业多得要把人累死。"

"就是，每次考试都要给我们排名次，谁幸福得起来？"

"我现在连一个MP3都没有，苦啊！"

"人家的爸爸都有小轿车来接送，我的老爸猴年马月也买不上汽车。"

"唉——"

没想到，一提起幸福这个词，反而引起了学生的低落情绪。老师又说："同学们！静一静！难道你们真的没有幸福感吗？"

教室里又恢复了安静，同学们你看我我看你，谁也不说话。

这时，一个瘦小的小女孩儿说："我感到很幸福！"

谁知她话音未落，同学们发出一片惊讶声。

"啊——"

这个瘦小的小女孩儿身体残疾，她的父母是普通工人，厂子效益不好，家庭很困难。"不会吧?"学生们低语道。

小女孩儿说："我的父母很普通，家庭也不富裕，而且，我身体还有残疾。但是，我的父母很爱我，对我特别好。我的家庭充满温馨，我感到很温暖，我感到很幸福。"

同学们静静地听着小女孩儿说着，小女孩儿脸上洋溢着幸福的笑容。

同学们为小女孩儿鼓起掌来。

智慧，不是死的默念，而是生的深思。
——斯宾诺莎

骆驼与狗

人生，不是短跑比赛。在茫茫大漠里，长时间长距离跋涉，小狗是无法忍耐的，它最终会被大漠吞没的。而骆驼就不同了，它虽然跑得并没有小狗快，但他有坚毅的耐力，耐干渴，可以长时间长距离地跋涉，所以，最终走出大漠的是骆驼。

有一个学习上很吃力的孩子，学习名次总是落在其他同学的后面，他完全丧失了自信心。

一天，他流着泪对父亲说："我确实脑子反应慢，确实不聪明，我会一事无成的，我该怎么办呢？"说着，他哭了起来。

父亲也知道孩子笨，比不上那些聪明的孩子。但自己的孩子虽然笨，但他总是自己的儿子啊！父亲不想伤儿子的心，便安慰地说："不要紧，慢慢会好的。"

听多了，儿子便不信了。他知道自己的父亲，是为了安慰他。他说："您总是说我慢慢会好的，你一定是骗我的。"

父亲想了想，说："孩子，我怎能骗你呢？你是我的儿子啊！"

父亲接着说："是小狗跑得快，还是骆驼跑得快？"

"当然是小狗啦！"儿子说。

"对，是小狗跑得快！骆驼笨笨的，跑得也不快。但是把一只小狗和一匹骆驼放逐在沙漠中，开始，一定是小狗跑在前面，但最终走出大漠的，会是哪一个呢？"父亲说。

儿子说："小狗！"

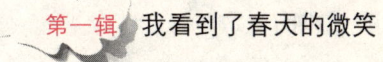

父亲说："不对，是骆驼。虽然小狗跑得快，在茫茫大漠里，长时间长距离跋涉，小狗是无法忍耐的，它最终会被大漠吞没的。而骆驼就不同了，它虽然跑得并没有小狗快，但他有坚毅的耐力，耐干渴，可以长时间长距离地跋涉，所以，最终走出大漠的是骆驼。"

儿子点点头，说："我明白了！我懂了！"

从此，儿子并不为自己的笨拙而失去信心，他努力学习、刻苦攻读。

终于，他考取了一所著名大学，后来成为一位著名的科学家。

一个人的智慧不是一个器具，等待老师去填满；而是一块可以燃烧的煤，有待于老师去点燃。

——考留达克

小鱼的家

"我要把小鱼放回大海，那里才是它的家啊！"
小男孩说，"如果我把小鱼带走，它的妈妈会找
不到它的，它也会找不到它的妈妈的。如果不把
它放回大海，它就没有家了。"让美丽和善良伴
随我们，美好便伴随我们。

　　一个旅游团来到大海，一个小孩儿兴奋极了，在海滩上捡拾了一条小
鱼，她把海水装在塑料袋里，把小鱼放进去。小鱼离开了大海，在塑料袋
里面游着。

　　回去的路上，大家在汽车里有说有笑。

　　突然，小男孩儿叫了一声："停下来！"

　　"怎么了？"人们问。

　　"我要把小鱼放回大海，那里才是它的家啊！"小男孩说，"如果我把
小鱼带走，它的妈妈会找不到它的，它也会找不到它的妈妈的。如果不把
它放回大海，它就没有家了。"

　　"可是我们已经离开大海好几里路了"司机说。

　　"那怎么办？"小男孩儿哭了起来。

　　"我要把小鱼放回大海，那里才是它的家啊！如果我把小鱼带走，它
的妈妈会找不到它的，它也找不到它的妈妈的。如果不把它放回大海，它
就没有家了。"小男孩重复着自己的话。

　　"这样吧！我征求一下大家的意见，把车再开回去，大家同意吗？"司
机说。

人们一起说"我们怎么能不答应如此天真纯洁的孩子的美丽的要求呢？同意！"

谁会伤害一颗善良的心呢？

汽车开了回去，为了小男孩的纯真，为了使小鱼找到家。

智慧的可靠标志就是能够在平凡中发现奇迹。

——爱默生

心灵牧场

爱，把心灵建成一个牧场。生长着美丽花朵的心灵牧场，盛开着真的花朵；生长着美丽的花朵的心灵牧场，盛开着善的花朵；生长着美丽花朵的心灵牧场，盛开着美的花朵；生长着美丽的花朵的心灵牧场，盛开着爱的花朵。生命，在这牧场里，幸福而生动。

心灵，是一片牧场。

那里生长着我们的精神，那里滋养着我们的灵魂。

它应该是辽阔的，它应该是宽广的。那里阳光普照，那里花草鲜美，那里充满鸟儿的歌唱。

心灵，是一个精美的天地，但心灵不能是一种墓场般的死静。它是生动的地方，需要声音的滋养，需要一种最自然的声响，来伴奏心跳的节律。否则，心跳会变成为孤独的行者。有鸟儿的鸣唱，有心跳的力量，那里一切是那么动听，那么令人激昂。那里充满鲜花的美丽和芳香。

心灵，应是真善美的发源地。在我们的心灵的土壤中，应种上美丽的鲜花，让它盛开在我们心灵的田野上。心灵的春天，才能使鲜花盛开，鲜花盛开，才能美丽我们心灵的春天。用心灵关爱鲜花，用鲜花美丽心灵。

心灵，是生命最鲜活的地方。心灵，不是荒原。心灵的荒原，给生命的只是生命的挣扎。

心灵，不应是沙漠，心灵的沙漠带给生命的只是生命的荒凉。

心灵，不应是沼泽，心灵的沼泽带给生命的只是生命的沉陷。

心灵，不应是囤仓，心灵的囤仓带给生命的只是生命的积压。

没有天空的心灵，生命无法舒畅。我们不能用各种各样的东西，用太多太多的东西堆积在我们的心灵里，那是一种对生命的压迫。心灵的空虚，便会带来生命的迷茫。心灵的阴冷，便会带来生命的冷漠。心灵的险恶，便会带来生命的扼杀。只有保持心灵的圣洁，才能保证生命与灵魂的安详。心灵中的一粒杂质，都会给生命以威胁。把心灵培育在春天里，我们便会拥有生命的春天。

用真，把心灵建成一个牧场。用善，把心灵建成一个牧场。用美，把心灵建成一个牧场。用爱，把心灵建成一个牧场。生长着美丽花朵的心灵牧场，盛开着真的花朵；生长着美丽的花朵的心灵牧场，盛开着善的花朵；生长着美丽花朵的心灵牧场，盛开着美的花朵；生长着美丽的花朵的心灵牧场，盛开着爱的花朵。生命，在这牧场里，幸福而生动。

心灵牧场，我们美好的精神家园。

当智慧骄傲到不肯哭泣，庄严到不肯欢乐，自满到不肯看人的时候，就不成为智慧了。

——纪伯伦

月到中秋

节日，是最美好的时光；节日，是最快乐的天堂；节日，汇聚了最吉祥的元素；节日，凝聚了最温暖的祝福。一个与月相关的节日，更是聚满美好。

一个与月相关的节日，中秋节。

在这美好的日子里，月亮很圆，很柔，很美，很亮。"明月几时有？把酒问青天。"中秋节，寄托着中国人对美好的向往。"皓魄当空宝镜升，云间仙籁寂无声；平分秋色一轮满，长伴云衢千里明；狡兔空从弦外落，妖蟆休向眼前生；灵槎拟约同携手，更待银河彻底清。""天将今夜月，一遍洗寰瀛。暑退九霄净，秋澄万景清。星辰让光彩，风露发晶英。能变人间世，悠然是玉京。""一轮秋影转金波，飞镜又重磨。把酒问姮娥：被白发欺人奈何！乘风好去，长空万里，直下看山河。斫去桂婆娑。人道是清光更多。"古人美妙诗词对明月的赞赏给中秋节增添了无限美好的意境。多少古人用华丽的辞藻吟诵明月？明月，给了诗人多少灵感？对于美好，我们历来把它安放在一个美好的时空里。

在中秋节里，可以尽享亲情、友情。仰望星空，那无遮无拦的夜空碧色如洗，灿烂的星斗像钻石一般闪闪发亮，而那一轮圆润的明月静静地挂在天上，高远而深邃。我的心渐渐如这星空、明月一般宁静。

月遥远，而又如此亲近，"野旷天低树，江清月近人。""月色温润，丰润绰绰，""玉阶生白露，夜久月侵衣。""明月圆润寄相思。""明月何时照我还?"古人叹曰:"此时相望不相闻,愿逐月华流照君。""月挂霜林寒欲坠。""月洗高梧,露溥幽草。"月色是绵绵的牵挂,星光是切切的思念。

中秋节是一个团圆、思念的日子。借着洁净的月光,我们思念家乡,想念亲人、同学、朋友,回忆温馨的时光。

中秋节,有一种美好的食品,那就是月饼,它是一种饱含民族文化元素的食品。月饼,作为一种形如圆月、内含佳馅的食品,在北宋时期已出现。作为一种食品并称为"月饼",则见于南宋《武林旧事·蒸作饮食》"以月饼相馈,取中秋团圆之意"。到了元朝末年,月饼已成为中秋节的必备美食。

中秋节,沐浴在月光里,尽情地享受着中秋月夜静美和缠绵不绝的馨香。吴刚、嫦娥、桂树和玉兔千年不朽的传说,给了我们多少美妙的遐思?秋风撩起了你思念的涟漪,秋月吻湿了你乡愁的眼睛。不管是多忙,我们总是要风尘仆仆地赶回家去,一家人团团圆圆围坐在一起,吃一顿热腾腾的饭。它是我们紧张生活的温润剂。

记得小时候,一家人坐在清凉的小院里,沐浴在月光里,吃着月饼,赏着月,听老人讲嫦娥的故事。月亮,给了我们多么美好的想象。中秋节,是春节之外我们最向往的节日。

如今,更多的人由于工作关系远离家乡。中秋节,就成了怀念故乡、思念亲人的节日。月色朦胧,思念如潮。家,那最温暖的地方,就是洒满月光的地方。

一轮明月,两地相思。那种蕴蓄心头的思念与牵挂,就会无遮无拦地弥漫。

时间如水流逝,岁月走过无痕。回望家园,那份在中秋盈满心间的亲情,那缕饼香萦绕心头的回味,禁不住又心潮澎湃,遥想亲人。

张若虚在《春江花月夜》中写道:"江畔何人初见月,江月何年初照人?人生代代无穷已,江月年年只相似。不知江月待何人,但见长江送流水。"细细体味,才能感念诗人"念天地之悠悠,独怆然而泪下"的情怀。

"海上生明月,天涯共此时"的思念,因遥远变得更加清晰。"露从今夜白,月是故乡明"游子的思乡之情,赤子的思土之情,因中秋节变得如

此浓郁。愿这柔情的月光捎去我的一声问候，一声祝福！

这是月亮的节日，这是中国人的节日，这是老百姓的节日，这是华夏民族的节日。

节日，是最美好的时光；节日，是最快乐的天堂；节日，汇聚了最吉祥的元素；节日，凝聚了最温暖的祝福；节日，中国人在期盼中一步步走向你；节日，是我们生活航程中的港湾。

智慧是经验之女。

——达·芬奇

快乐是生命的花瓣

快乐和生命，是我们人生旅途
中的两件行李，也是在我们人
生旅途中的脚步。
快乐是生命的花瓣。
快乐是生命的阳光雨露。
生命是天地之间的美丽绽放。

一把雨伞

一把雨伞，撑起一个感人的故事。在这个时代，这样的故事有着更深刻的意义。

去银行存款，天突然下起大雨，而且是瓢泼大雨。

看样子一时半会是停不下来了。怎么办？上班的时间快到了，看样子只能淋雨了。突然想起有些银行有应急伞，环顾营业大厅一周，确实看到在一个角落，放着一些伞。

问了一下保安，可否借用一下伞。保安说可以。

于是，我撑起从银行借用的那把雨伞行走在大雨中。这把雨伞，为我撑起一片晴朗的天空。

快到单位门口时，看见一位背着行李的人走在雨中。他是去往车站的方向，可能是去赶汽车出行。一问确实如此，他说他的家在农村，自己是来打工的。今天接到电话说父亲病危，所以匆匆忙忙赶着回家。

我把雨伞递给他，说快走吧！

我坐在办公室里，突然想起那把雨伞是从银行里拿出来的，并不是自己的啊！怎么把不是自己的东西随便给一个陌生人呢？那把伞恐怕是不会回来的了。因为我在给那人伞时，没有留下任何联系方式。

按道理讲，银行里的伞应该是送回的，可是我稀里糊涂地的把它送给了别人。不把伞送回银行也没什么，因为借伞时也没有登记，没有人知道我曾借过银行的伞。但又一想，没有其他人知道我曾借过银行的伞，但自己知道自己曾借过银行的伞啊！

第二天，我从超市买来一把新的雨伞送到银行。

大约过了一个月，我的单位门口站着一个民工模样的人，手里拿着一把雨伞。他一看到我马上认出我来，走到我跟前不停地说谢谢，并把伞交给我。

我说："你父亲怎么样了?"

他说："家里没钱，父亲一直拒绝去医院治疗，送到医院的时候已经太晚了。"

我拍拍他的肩膀，不知该怎么安慰他。

他说："这些天他和父亲聊了一些他在城里的一些情况，其中也说到这把伞的事儿，父亲临死前让我回城后第一件事就是先把伞还给那位热心人。"

我心里很是感动，不知该说什么。

所谓智，便是指人们的聪明智慧，所谓谋，便是指人们对问题的计议和对事情策划。智是谋之本，有智才有谋，所以智比谋更重要

——邓拓

风景在路上

远处有风景，所以我们更多的时间是在路上。路上的风景，往往被我们忽视。以为只有风景区才是我们观赏的地方。其实，有很多风景是在路上的。人生，也是如此。

随旅游团旅游，省心。不用自己考虑行程，不用自己考虑吃饭住宿的问题。导游什么都为你设计好了，你只要跟着导游走就是了，甚至什么时候"唱歌"（方便）导游都为你策划好了。

即使在路上，你也不会感到无聊，导游会讲一些不咸不淡的段子调节气氛。

远处有风景，所以我们更多的时间是在路上。路上的风景，往往被我们忽视。以为只有风景区才是我们观赏的地方。其实，有很多风景是在路上的。进入风景区，我们往往不会用心进入，我们往往不会切身感受，只是想拍照留念。

司机是最会走路的了。这一路都是他驾驶的，他是主动走路的，我们是被动走路。其实，我们不能算是走路，只能算是坐车。司机可以记住走过的路，我们不会。司机可以欣赏沿途的风景，我们很多时候不会。

那些自驾游者，其实是最会旅游的。

其实人生也是这样。一个人的旅游方式，往往也是他的人生方式。

人生之路应该是我们自己行走。完全依靠导游，我们的人生便不会精彩。自己的人生之路，我们往往不会自己掌握。总是依赖，总是随波逐

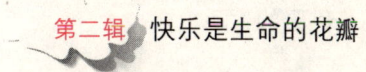

流。自己的路，应该自己走。

没有哪个导游能够把我们的人生旅程完全设计好。

有时我们感到走得太累，是因为我们不会掌握行走的节奏和欣赏一路上的风景。

过程，很重要。但我们往往只想着结果。

智慧是对一切事物产生这些事物的原因的领悟。

——西塞罗

有爱的生命

拥有爱的生命，才最生动。藏獒每次剩下一些食物留给燕子。爱，在动物之间。自然界的关爱使得自然界更温暖和可爱。

报刊上各种各样的新闻或故事很难使人感动，大多只是快速浏览一眼而已。但是，有一则新闻故事引起了我的注意。

说有一只藏獒这些天很反常，每次都在吃食时留下一部分。是厌食了？还是生病了胃口不好？当主人要清除那些剩下的食物时，藏獒却护着不让动。

主人离开后，有一只燕子飞来觅食，燕子叼着食物飞起来，落在藏獒屋舍的房顶上。原来，在藏獒屋舍的房顶上有一个新建的燕窝，里面有一窝嗷嗷待哺的小燕子，燕子就是用藏獒剩下的食物喂养它的小燕子的。藏獒每次剩下一些食物正是留给燕子。

爱，在动物之间。

我被这些动物之间的互相关爱感动了。

弱肉强食，大鱼吃小鱼，小鱼吃虾米，自然界的生存竞争规则使得我们对生命产生紧张感和恐惧感。那些血腥厮杀，带给我们的是对生命的鄙视。其实，自然界的关爱使得自然界更温暖和可爱。这样，我们对生命的敬仰才会因爱而生。

拥有爱的生命，才最生动。

您请坐。

教育，其实是个长期的复杂的曲折的过程，不可能"立竿见影"，而且在这个过程中，对学生的教育往往会有不尽人意的时候，面对不尽人意，甚至失败，我们千万不能难过，不能放弃，我们要学会好好反思：是教育在教育社会，还是社会在教育教育？就如"不让座""我不会让梨"一样，不是他不想让，而是他不知道应该去让。

您请坐。

为迎接奥运，北京有些公交车实行有奖让座。看似好笑，一想，其实还真有这个必要，最起码现阶段还真有必要这样做。

让个座，太简单了。

是吗？

我们学校有三辆接送师生的班车，好几次听到同事的抱怨。

有一个老师说，一次她在上车时，看到一个空座位就准备坐下，可是，旁边的一个女生不同意了，说："这是给同学占的座位。"

有一个老师说，她在上车时车上已经没空座了，有同事暗示学生让座，一个学生犹犹豫豫地让出了座位。这时，站在车下的家长跑上来了，质问是谁抢占了她孩子的座位。老师们说："没人强占她的座位，学生给老师让座是应该的。"家长说："这是孕妇专座（正巧那排座位是孕妇专座），没写是教师专座。"老师站起来，让那个学生坐下。学生说让老师坐，老师让学生坐，这时，家长把自己的孩子按在座位上。家长下车了。那个孩子说，老师！等车子开了，家长看不见了我再给您让座。

我真不敢相信这是事实，但这确实千真万确地发生过。

有一个时期，有一位女司机经常提醒学生给老师让座，有时还给老师留几个座位不让学生坐。这下惹恼了个别家长，在网上的地区贴吧上对女司机进行了指责，听说还有不少跟帖呼应的。单位领导找到女司机，委婉地劝说女司机只管开好自己的车，别惹那麻烦。

这让我想起我有一次乘工人的班车，车上很多人站着，突然听见有人喊我，我回头一看，是一位年纪和我差不多的女士，她说："金老师您坐！"片刻之间我认出了她是一位我教过的学生的家长，学生早已毕业了，我婉言谢绝，她却执意拉我坐下，说自己马上就要下车了。看样子如果我

不坐，她要强行把我按下，由于那种热情、那种诚意，我只好坐下了。我们寒暄了一会儿，她下车了。下车后，我请周围的几个女士坐下，由于她们都比我年龄小，笑着说不用客气。

该不该让座？问题简单吗？复杂吗？

我啰哩罗嗦地说了这些真实发生的故事，只是感觉这些事都是发生在我们这个地方，而且事情的发生时间也很接近。我不知道也不准备评说什么，当然，自己心里也很困惑。

有句歌词拿来在这里抄袭一下："不是我不明白，这世界变化太快。"

大爱无言，上善若水

一个教师用自己的身躯支撑着，在他的身躯下面，在讲桌下面躲着四个小学生，他用自己的身躯保护着四个幼小的生命。他用自己的生命撑起四个鲜活生命的天空。

当一场灾难来临，总有一些令我们感动的事情。四川特大地震时，涌现出无数令我们感动的人和事。

四川特大地震奏响了一曲又一曲的生命之歌。不放弃！不抛弃！一切为了同胞的生命，人民子弟兵、抗震救灾志愿者全力以赴投入到生命的救援中。在一片废墟中，一个个生命被救起。

有一个教师用自己的身躯支撑着，在他的身躯下面，在讲桌下面躲着四个小学生，他用自己的身躯保护着四个幼小的生命。他用自己的生命撑起四个鲜活生命的天空。

多么伟大的壮举！

无数的志愿者奔赴灾区，奉献着他们的爱心。他们选择艰苦、选择奉献，甚至选择牺牲。

团结就是力量，在这次特大地震面前，中国经受了一次生死考验，灾难面前，万众一心、众志成城。即使不能靠近你，也要用心温暖你。所有的目光关注着你，所有的双手帮扶着你，一场灾难，把我们的心连在一起。我们万众一心，我们众志成城。点燃我们的信念，把坍塌的废墟照亮。四川同胞，不要悲伤！四川同胞，在悲伤中站起来！

　　平淡的生活中，总有一种情感让我们感动并铭刻于心底；总有一种付出让我们乐于去做；总有一种精神支撑着我们的梦想；总有一种力量驱使我们追求精神的所在。人类的爱心如冰山上的雪莲那样美丽而动人。面对物质利益，我们往往过多地看重自身的利益，而忽视了生命的质量和意义，忽视了精神与爱心。风帆不挂上桅杆，就是一块没有动力的布。理想不付诸行动，就是虚无缥缈的雾。拥有爱心，就要拥有行动。

　　大爱无言，上善若水。

>>>

智慧只能在真理中发现。

——歌德

快乐是生命的花瓣

一位哲人曾经说过:"生命走到尽头后就只剩三件事了:你热烈地爱过吗?你充实地生活过吗?你学会放弃那些不属于你的东西了吗?"我们全身心地追求的往往是生命和幸福之外的东西。

一场四川大地震让我们重新认识了幸福和生命。

幸福,在我们身边的时候,我们淡漠了它,我们轻视了它。生命,它是坚强的,也是脆弱的。平时,我们往往是那么不珍惜它们。

记得有位作家说过:在古埃及的传说里,一个人在由生到死的瞬间,神都要先问他两个问题,而他的回答将关系到他能否踏上死后的旅途。第一个问题是:你把快乐带来了吗?第二个问题是:你快乐过吗?在生与死之间还有一段美妙的征程,叫做生活。这是一段神奇的旅途,它应该充满了梦幻、想象、知识、现实和领悟。生命是一条单向车道,你永远不可能再次路过相同的风景,那么你就应该全身心地去生活,而这就是快乐的真谛了。

全身心,我们中又有多少人对待身边的幸福和生命是全身心的呢?

我们全身心地追求的往往是生命和幸福之外的东西。在这个过程中,我们总是以为那些东西追求到手以后,我们就会幸福,生命就会更有品位。在这个过程中,我们总是处心积虑,我们总是心力交瘁。当我们得到那些东西之后,我们突然发现它并没有提升我们的幸福指数,它并不能提升生命的质量,甚至它对我们的幸福和生命是有所损伤的。

　　一位哲人曾经说过："生命走到尽头后就只剩三件事了：你热烈地爱过吗？你充实地生活过吗？你学会放弃那些不属于你的东西了吗？

　　我猛然醒悟，这三件事我们又有多少能做到位呢？"

　　也许，我们曾经热烈地爱过，但我们并没有把它持续地发展下去。我们曾经充实地生活过，但充实的生活在我们的生活中占的比例又有多少呢？我们曾经学会放弃那些不属于我们的东西，但更多的时候我们是在苦苦地追求不属于我们的也永远不可能得到的东西啊！

　　快乐和生命，是我们人生旅途中的两件行李，也是在我们人生旅途中的脚步。

　　快乐是生命的花瓣。

　　快乐是生命的阳光雨露。

　　生命是天地之间的美丽绽放。

>>>

智慧是唯一的自由。

——塞内加

心存温善

要想除掉旷野里的杂草，方法只有一种，那就是在上面种上庄稼。同样，要想让灵魂无纷扰，唯一的方法就是用美德去占据它。没有了美好的东西占据我们心灵，丑恶的东西就会乘虚而入。要想除却丑恶的东西，最好的方法是让美好的东西驻扎我们的心灵。

当今的人们，对物质的贪欲几近疯狂。奉献、爱心，似乎成了另类、不合时宜。对名利的追求，几乎成了当今人们唯一的追求。

是什么使得人们放弃了精神和信仰的追求？

现在的孩子沉迷于电子游戏，这成了教育的一大难题。

网瘾的形成，究其原因其实是如今我们的孩子缺少可以代替网络游戏的游戏或其他活动。我们的孩子崇拜超女，在孩子的心中，超女、周杰伦成了他们的偶像。而雷锋以及很多英雄人物却远离他们的心灵。

我有一个朋友，他致力于慈善事业，牺牲了大量的业余时间为贫困学生及危重病人募捐，他积极地宣传报道这些弱势阶层，以引起社会关注，从而使这些人得到资助。

他的努力使得不少人走出困境。但在他筹集一场募捐晚会时却困难重重，几乎每一道关口都有无数障碍。他不明白，如今各种晚会多如牛毛，举办一场商业性晚会轻而易举，为什么筹办一场慈善晚会是那么难？

我们总是感叹世事沧桑，我们又为世界奉献了多少温暖？

心中充满友善，冷漠才不会袭来。

要想走出冬天，就要走进春天。要想远离严寒，就要靠近温暖。

一位哲学家带着一群学生去漫游世界，10年间，他们游历了所有的国家，拜访了所有有学问的人，现在他们回来了，个个满腹经纶。

在进城之前，哲学家在郊外的一片草地上坐了下来，说："10年游历，你们都已是饱学之士，现在学业就要结束了，我们上最后的一课吧！"弟子们围着哲学家坐了下来。哲学家问："现在我们坐在什么地方？"弟子们答："现在我们坐在旷野里。"哲学家又问："旷野里长着什么？"弟子们说："杂草。"哲学家说："对，旷野里长满杂草。

现在我想知道的是如何除掉这些杂草。"弟子们非常惊愕，他们都没有想到，一直在探讨人生奥妙的哲学家，最后一课问的竟是这么简单的一个问题。一个弟子首先开口，说："老师，只要有铲子就够了。"哲学家点点头。另一个弟子接着说："用火烧也是很好的一种办法。"

哲学家微笑了一下，示意下一位。第三个弟子说："撒上石灰就会除掉所有的杂草。"接着讲的是第四个弟子，他说："斩草除根，只要把根挖出来就行了。"等弟子们都讲完了，哲学家站了起来，说，"课就上到这里了，你们回去后，按照各自的方法去除掉杂草。一年后，再来相聚。"

一年后，他们都来了，不过原来相聚的地方已不再是杂草丛生，它变成了一片长满谷子的庄稼地。弟子们围着谷地坐下，等待哲学家的到来，可是哲学家始终没有来。

若干年后，哲学家去世了。弟子们在整理他的言论时，私自在最后补了一章："要想除掉旷野里的杂草，方法只有一种，那就是在上面种上庄稼。同样，要想让灵魂无纷扰，唯一的方法就是用美德去占据它。"

没有了美好的东西占据我们心灵，丑恶的东西就会乘虚而入。要想除却丑恶的东西，最好的方法是让美好的东西驻扎我们的心灵。

心有阳光，便会迎来灿烂；

心中黯淡，便会招来阴冷；

心中有爱，便会远离恨；

心中有恨，便会远离爱；

心怀天下，便不会小肚鸡肠；

心怀鬼胎，便不会慈悲为怀。

让心中留存美德，心中便不会滋生丑恶。用美德占据心灵，用美丽滋

养心灵。

　　心中拥有一个天使，生活便拥有一个天堂。

　　心中拥有一个魔鬼，生活便拥有一个地狱。

>>>
个人的智慧只是有限的。
——普劳图斯

一朵花唤醒一个世界

在帐篷的一角，有一盆花在灿烂地盛开着。它的美丽鲜艳是那样地耀眼夺目，它的芳香充满整个帐篷。虽然它是栽在一个装方便面的一次性餐盒里，但它是那样顽强地生长着。这几名志愿者被这盆花感动了。一片废墟，一朵花。一朵花，唤醒一个世界。

几名志愿者前往四川抗震救灾，他们看到的是一片废墟。

在一个临时搭建的帐篷里，住着几个灾民。里面简陋的布设显示着地震过后的凄凉。但是，在帐篷的一角，有一盆花在灿烂地盛开着。它的美丽鲜艳是那样地耀眼夺目，它的芳香充满整个帐篷。虽然它是栽在一个装方便面的一次性餐盒里，但它是那样顽强地生长着。这几名志愿者被这盆花感动了。

见志愿者在注视这盆花，一个灾民说这是他从倒塌的废墟中捡来的，它原来的花盆早已破碎，只好把它移栽在装方便面的一次性餐盒里，没想到还真的活了，而且还开了花。

一片废墟，一朵花。

一朵花，唤醒一个世界。

这朵花给废墟中的人们一种生命力的暗示，这朵花给废墟中的人们一种顽强力的暗示，这朵花给废墟中的人们一种希望的暗示，这朵花给废墟中的人们一种灾难面前不屈服的暗示。花总会开的，而困难总会过去的。

我们想想，那位在废墟中捡起那朵花的灾民，他的面前虽然是一幅破败的景象，但他的心中一定拥有一个充满希望的春天。

那种热爱生命热爱生活的精神在他捡起那朵花的那一刻彰显得淋漓尽致。

一花一世界，有这种美好的乐观的生活态度和顽强不屈的精神，有战胜困难的信心，相信他们会很快走出灾难，重新建起自己的美好家园。

幽默是多么艳丽的服饰，又是何等忠诚的卫士！它永远胜过诗人和作家的智慧；

它本身就是才华，它能杜绝愚昧。

——司各特

周庄与梦

月亮是美好的东西，有月的夜晚，夜晚也就美好起来。于是，梦也就美好起来。这个好梦，首先要感谢月亮。这个村庄，经常出现在我的梦里，并且平白无故地在梦里增添了一些风景，我百思不得其解，它为什么多次出现在作者的梦境里呢？

　　这是一个很小的村庄，叫周庄。但它不是江南古镇的那个周庄，它在鲁西北的一个偏僻乡村，很小，也没有什么名气，但它经常进入我的梦里。

　　今夜有月。

　　月亮是美好的东西，有月的夜晚，夜晚也就美好起来。于是，梦也就美好起来。

　　这个好梦，首先要感谢月亮。

　　走进周庄，碰上几个村民，虽然不认识，但一碰面便互相热情地打招呼，大家一边悠闲地行走，一边说笑。不像都市人，匆匆忙忙、冷淡漠视。

　　街巷不时出现石阶，似乎村庄是建在山上的。我问："我记得周庄的街道很平，现在怎么是这个样子？"

　　那人笑道："一直就是这个样子啊！"

　　现在回想那个梦，之所以周庄的街道高低不平，到处是石头，是因为自从外祖父去世后，我再也没有去过那个地方，它已经在我的记忆里很淡漠了。而我经常见到的是山，自己生活过的小城也是建在山上的，所以，

我把周庄篡改了。

我们不知怎么走进了一家院落，主人正准备去墓地祭祀祖先，主人举着一种像树一样的东西，也不知它是用什么材料扎制的，非常逼真，树上有花和果实，但我认不出那是什么果实。

再往前走，是一片古色古香的建筑群，那是一种在城市里无法寻到的建筑，它们像是从历史中走来，不，它们仍沉浸在历史中。我的心莫名地激动起来。

再往前行，完全是一片古代园林的景色，古屋、古树，它们像老人一样，安详、庄重。

这是我记忆中的周庄，这是我童年经过的周庄。周庄，我记起你来了！我遗失了多年的童年记忆，现在复原了，那是一种珍贵的东西，我的眼泪随之涌出。

生活中、现实中，我很少流泪，冷漠、散淡、强硬，或者虚伪。

而此时我是多么的软弱；此时我是多么的幸福；此时我是多么的真实，此时我是多么的自由；此时我是多么的快乐；此时我是多么的感动。

感谢梦！

是你，让我又拥有了幸福；是你，让我又拥有了真实。是你，让我又拥有了自由；是你，让我又拥有了快乐；是你，让我又拥有了感动。

我不愿意从梦中醒来。

其实我是不愿意从幸福中醒来；我不愿意从真实中醒来；我不愿意从自由中醒来；我是不愿意从快乐中醒来；我是不愿意从感动中醒来。

此时，楼下已有早起的人走动了，能听到说话声，能听到他们牵的宠物狗的叫声。

我极力恢复梦境……

终于，我又走进一座庙宇，僧人们像雕塑一样端坐在那里，从他们面目的质感，表情的端庄，可以看出他们的心境的安宁。

有一位来游玩的夫人，也许是想独自一人享用一下祠庙的安静，也许是确实需要把孩子让别人暂时照看一下，她来到一位僧人面前，说请僧人帮忙暂时照看一下自己的孩子，怕孩子跑丢了或被别人拐走了。

僧人一笑，答应了。

其实，在这里你无需担忧，这里是一片净地，还有什么不安全的呢？

阳光照了进来，我又醒了。

但这个梦仍然甜润着我的心境，当然，只是片刻。

梦，不再来。

于是，又开始了忙忙碌碌，为生计奔波。穿行在车水马龙之中，呼吸着紧张的掺杂着毒气味儿的空气，累并快乐着。

这个村庄，经常出现在我的梦里，并且平白无故地在梦里增添了一些风景，我百思不得其解，它为什么多次出现在我的梦境里呢？这个村庄没有那些景色啊？

后来我明白了，我的外祖母就住在这个小村庄里。它之所以经常进入我的梦里，大概就是这个原因。

亲情，是另一种风景。

幽默与严肃互为验证，因为不愿接受善意的玩笑，其中必有疑处，而经不住审度的玩笑也一定是智慧。

——高尔克亚

位置

一则寓言故事告诉我们，无论在什么位置，只要适合自己，都可以实现自己的价值，都可以有所作为。但如果位置不合适，在什么位置都是无所作为。

口字四四方方，端端正正，从各个角度观察它总是一个模样。他想改变一下自己，寻求自己的人生位置，寻求自己的人生价值，从而展现一个完全不同的自我，从而实现自己更高的人生价值。

高处不胜寒。于是，他爬到木字上面，一副高高在上的样子。正在它得意洋洋的时候，它突然意识到，在木之上，不就是呆吗？

口不禁为自己的举动羞愧起来。

看来，总是想在他人之上，并不能实现真正的人生价值。

于是，它又想把自己放在最下面。它来到天的下面，它想，天为上，在天之下，理所当然。可是，它仔细一端详，这不是成了吞了吗？

这可不行。

它又来到夕的下面，好！名，这次不错！它想，在下面其实也不错。

它又来到士的下面，吉，不错！吉利，吉祥。好！它又来到五的下面，吾，也凑合。

它想，上下都尝试了，再换一个位置尝试一下，在左边怎么样？

它来到欠的左边：吹。

不好！

它又来到乞的左边：吃。

没意思！

它又来到曷的左边：喝。

不是吃就是喝，无聊。

它来到未的左边：味。嗯！有点儿意思。

它来到十的左边，叶。嗯！还行。

它又想尝试一下在右边的感觉。于是，它来到手的右边：扣。

它来到女的右边：如。

在里面怎么样？

它来到它自己的里面：回。

又回来了。它笑了。

它来到门的里边：问。

最后，它想尝试一下在外面的感受，

于是它来到"木"的外面：困。

它来到"人"的外面：囚。

它吓了一跳。

它来到大的外面：因，还行！

它来到玉的外面：国，好！

它终于明白了，原来，无论在什么位置，只要适合自己，都可以实现自己的价值，都可以有所作为。但如果位置不合适，在什么位置都是难有作为的。

谚语可以体现一个民族的创造力，智慧和精神。

——培根

静美的心境

善良，接近幸福。善良，散发着安详。善良，洋溢着幸福。只有有一颗空灵的心，才会注入快乐、注入幸福。

　　保持一种静美的心境，拥有一种平淡的心态。在纷繁中淡定，在苍茫中从容。听悠扬的钟声，听深沉的诵经声，心静下来，阳光温暖起来，空气清新起来。面向阳光，沐浴温暖。清风吹拂，送来远方的祝福。世事沧桑，风起云涌，坐看一株雅菊，它的鲜艳、它的芳香，是对你的问候；春天的温暖，夏日的热烈，秋天的清爽，冬雪的洁白，是四季对你赐予；花红柳绿，山清水秀，是自然对你的赐予；拥有善美的心，夜里便拥有一轮清月；拥有善美的心，清晨便拥有一轮红日。风声雨声诵经声，声声入耳。风动云动，你的心动。上善若水，大智若愚。浮躁的世界里，又没有景致更为开阔的人生？有没有令一颗心更乐意更快慰的通途？什么是我们值得奉守的东西？对自己的超越，对肉身的超越，精神，追求，是你的人生阳光。心，是自己永远的家。虚静的地方，是幸福的港湾；虚静的地方，是人的福祉。黄金所以贵重，除了它的稀缺还在于它的稳重。它几乎不受外界的干扰，极少受到外界的腐蚀。充实自己，充实自己的思想，提升自己的心智，是使自己安乐的因素。天籁之音，清幽之声，随着自己的心跳，雪花般弥漫，心旷神怡。用思想的力量，迎取智慧之光。拥有一颗空灵的心，便拥有一片生动的天地。只有有一颗空灵的心，才会注入快乐、注入幸福。学会感恩：感恩天地、感恩自然，感恩父母，感恩亲人，感恩周边的人，感恩远方的人，感恩上苍，感恩生灵。感恩的心，是善美的心；感恩的心，是温润的心；善良，靠近安详；善良，接近幸福；善良，散发着安详；善良，洋溢着幸福。

谚语是一人的妙语，众人的智慧。
——约·拉塞尔

像云一样生活

悲哀和痛苦，被他的乐观精神超越了；被他的乐观精神淹没了。旷达的心态，豪放的性情，足够使他站在生活的云端。他俯视生活，俯视社会，只有心胸足以开阔超越的人才会站在生活的云端。

他诗意地生活着，他超越现实地生存着。

我们敬仰他的才华，更敬仰他的阳刚气质。

李白，他的一生，充满了一种理想主义的激情。他可能不太现实，他可能太个性，他可能不算是个狭隘意义上或世俗上的成功者。但无论如何，他的"不以功名显，却高自期许"；他的以布衣之身而藐视权贵、肆无忌惮地嘲笑以政治权力为中心的等级秩序，批判腐败政治现象的勇锐之气；他的天才诗情和高洁气质，我们应该仰望。现实中，我们很难做到像他那样飘逸和洒脱，我们很难做到像他这样清高和不媚俗。他为屈死的贤士仗义抗争，对朝廷的失望和轻蔑："君不见李北海，英风豪气今何在？君不见裴尚书，土坟三尺蒿棘居。少年早欲五湖去，见此弥将钟鼎疏。"在媚俗充斥的职场中，在低声下气的现实中，李白的这种做派该是多么的难能可贵。

李白，在中国、在任何时候，都应该成为人的精神高度。如今，我们面临的最大困惑是现实与心灵的矛盾。对于他的胆子，他的个性，如高天流云。他的"不屈己、不干人""平交王侯"的平等要求，在精神上我们是尊重和崇拜的，但这只是一种脱离现实的理想。内心的高傲和行为的张扬，彰显出令人感叹的英雄主义精神。我们很难达到李白的精神高度，就像仰望月亮一样，将他仰望。尽管他有时并不圆满，但我们也很难达到更难超越。

悲哀和痛苦，被他的乐观精神超越了，被他的乐观精神淹没了。旷达的心态，豪放的性情，足够使他站在生活的云端。他俯视生活，俯视社会，只有心胸足以开阔超越的人才会站在生活的云端。

他的生活可能不尽如人意，但是他寂寞和孤独吗？我们可以从他的《月下独酌》中略知一二："花间一壶酒，独酌无相亲。举杯邀明月，对影成三人。月既不解饮，影徒随我身。暂伴月将影，行乐须及春。我歌月徘徊，我舞影零乱。醒时同交欢，醉后各分散。永结无情游，相期邈云汉。"有人说："孤独的人是可耻的。"但李白孤独得高洁可敬。"安能摧眉折腰事权贵，使我不得开心颜！"那种英风豪气，那种追求单纯高洁的心境，那种自由解放的思想情操和具有平民倾向的个性，不正是我们丢失已久的应该重新拾起的品格吗？如何在现代生活中获取心灵的快乐，适应日常秩序，找到个人坐标。浮躁的世界里，有没有景致更为开阔的人生？有没有令一颗心更乐意更快慰的通途？什么是我们值得奉守的东西？对自己的超越，对肉身的超越，精神，追求，是你的人生阳光。

他，应该成为我们的一种精神旗帜，飘扬起我们心灵的光芒。他，像云一样生活。我们可能永远无法像他那样像云一样生活，但我们的心灵可以尽可能像云一样。

有些女子的见识就寓于容貌之中，她们所有智慧在眸子里闪动。

——爱·扬格

跟白岩松学习好好地过好青春

我们幸福了吗？幸福真是件不容易的事。青春本该是最容易幸福的时候，但这个时期有着很多的困惑。这种困惑，来自外界，也来自内心。学会感悟幸福，让自己幸福起来。学会美丽青春，让自己的青春美丽起来。

青春，是一个人人生中最美好的时光。就如春天的花朵，应该美丽幸福地绽放。央视著名主持人白岩松最近又出版了一部新书，叫《幸福了吗》，这位曾经痛并快乐着的央视主持人，如今又思考着并追问自己或问我们：幸福了吗？

是啊！我们幸福了吗？

幸福真是件不容易的事。青春本该是最容易幸福的时候，但这个时期有着很多的困惑。这种困惑，来自外界，也来自内心。白岩松说："每个人的20岁都有一片属于自己的青春沼泽地，我明白青春时期的人难免会有一些矫情，但需要自己走出去。再说，现在的年轻人可以通过网络去寻求倾诉，比我们那时候好多了！"好好走过青春，因为这段时光，是人生最美丽的时光。"每一代的青春都不容易。即使时代不同，但年华是相同的。"一样的美丽青春，不一样的风雨阳光。一样的青春岁月，不一样的理想和憧憬。

一位读高一的女生对白岩松说："我觉得自己不幸福，我现在是高一的学生，我觉得学习压力很大，月考成绩很不理想。"白岩松安慰她："我觉得你比我幸福，因为你可以在任何地方想哭就哭！看事物要有两面性。

你应当快乐一点，继续努力。"压力，任何人都有，除非得了精神病。不是有一句调侃吗：自从得了精神病以后，我的精神好多了。其实，感受幸福是一种能力，是一种面对世界和把握自我的能力。

睿智的他，成熟的他，现代的他，与时代并肩而行，白岩松有着会感悟幸福的能力和触摸现代的敏感。他说，"我的手机能上网，我每天都会上网浏览各个网站，掌握各种资讯。我不开博客和微博，不代表我不现代化。现代化与否，是跟自己有没有一颗现代的心态相关。"如今，40 岁的白岩松更加光彩照人，"40 岁不是不惑之年，现在，40 感更大，还需要干更多事情，这是与时俱增的。"也许，他见得多了，看问题便独到深刻了，"鞋子合不合适，只有穿鞋的人自己清楚。这跟幸福的定义一样。"淡定，但不失热情；深刻，但不失可爱，在白岩松身上，我们可以学到很多。

学会感悟幸福，让自己幸福起来。学会美丽青春，让自己的青春美丽起来。

如果你浪费了自己的年龄，那是挺可悲的。因为你的青春只能持续一点儿时间。
——很短的一点儿时间。
——王尔德

你那里下雪了吗

"望着米娜，这个寒冷的天气中美丽的维族女孩，使我联想到雪山上盛开的雪莲。我深深地感动了，被这个娇小的维族小女孩儿感动了。"这里发生了一个什么故事呢？

没有雪的冬天，就像没有花的春天。

雪，是冬天盛开的花。

雪，给了我们一个童话世界。雪，领着我们走进童年。

那漫天飞舞的花朵，那漫天飞舞的翅膀，使得冬天生动起来，使得冬天鲜活起来。雪花，是很让人心疼的。雪，你冷吗？把一朵雪花捧在掌心，我看到的是一滴晶莹的泪珠。

一个 2011 年的大雪纷飞的日子，一个新疆女孩打来电话，电话那端传来美丽的歌声：

你那里下雪了吗
面对寒冷你怕不怕
可有炉火温暖你的手
可有微笑填满你的家

这是我援疆支教时教过的一个女孩儿，叫米娜。

米娜长得格外漂亮，两只眼睛又大又亮，睫毛又长又黑。米娜的歌声像雪一样，纯净、轻柔、美丽。每次学校演出。她都会使我们陶醉在甜美的歌声中，就像陶醉在一场美丽的雪中一样。

"八千里路云和月"，从巍巍泰山，走向连绵的天山。我支教的学校在天山脚下，学校外面有一条小河，每到天暖时，融化的天山雪水流进小河，流向远方。冬天，新疆的冬天格外长，雪格外多，天格外冷。清早起来，窗玻璃上满是冰凌花儿。这是上帝赐予新疆冬天的最美的礼物，也是最冷艳的礼物。冬天，是一位画家，用最纯美的颜色，选择一种透明的"画纸"，绘出最亮丽的图画。

新疆的冬天雪下得很大，我发现她穿的衣服是那么单薄。米娜漂亮的脸上，鼻子下面流着两行清水，她擦掉又流出，流出又擦掉，擦掉又流出。"你怎么穿这么少？"我问。她说："没事！"米娜的同桌告诉我，米娜的家离学校好几百里地，因为天气忽然变冷，带来的过冬衣服不多，家里人没能来得及送来，而且她家里穷，又没钱买新的。

米娜的同学告诉我，米娜的父亲是有名的向导，很多从远方来此旅游探险的人一般都找他做向导。进入大漠戈壁中没有参照物，很容易迷失方向。但他却有很强的方向感。一次，他领着一批人进入戈壁大漠了。在戈壁滩上时常可以寻到各种颜色的玛瑙，人们兴奋极了。他们忘我地行走在戈壁滩上。他们发现一个古堡，在古堡中他们待了很久。正在这时沙尘暴来了，他们只好停下来，等沙尘暴停了再走。为了保护带来的水和食物不被沙尘暴刮走，他拼命地东奔西跑。等沙尘暴过后，他累得气喘吁吁。

他最后一次做向导是领着一批人上雪山，雪山银白色的雪冠诱惑着他们，越往上越冷，雪也越来越厚。有一个人也许是见到雪山太兴奋了，远远地爬在队伍前面。忽然，那人脚一滑，滚落下来，这是很可怕的事情，这个人跌落下来会很危险，而且还会撞到下面的人，下面的人会像多米诺骨牌一样一个个跌落，后果不堪设想。他此时一手拽住一棵小树，然后挺身迎向跌落下来的那个人。那人正好跌入他的怀中，那人停了下来，但由于冲力太大，他却没法站稳住。如果他向后面倒去就会砸到后面的人，从而使后面的人一个一个跌下，于是他选择了向着一侧倒去，他跌到山下。当人们寻到他时，他已经奄奄一息了。

他死了，却救下了十几个人。

　　米娜从此和母亲一起生活，生活得相当困难。但米娜的母亲是坚强的，米娜也许是继承了父母的性格，像冰山上的雪莲一般冷艳坚强。她学习刻苦，从不计较穿戴。每次有打扫卫生或者扫雪的任务，总是抢着干。我望着米娜，这个寒冷的天气中美丽的维族女孩，使我联想到雪山上盛开的雪莲。我深深地感动了，被这个娇小的维族小女孩儿感动了。现在的孩子都很娇气，但眼前的这个小女孩儿是那样坚强和懂事。

　　当我把买来的羽绒服送给她时，她用维语说："谢谢老师！"

　　新疆的冬天雪多，而且大。几乎四、五天便来一场。当一场大雪过后，树白了，地白了，一片洁白的世界。雪飞舞着，使天空充满动感。雪飞舞着，然后涌向大地。

　　此时，我百感交集，我对她说："米娜！下雪了，多穿点！"

青春是生命中最美好的一段时间。

——黑格尔

多想和庄子一样做一个蝴蝶梦

多想和庄子一样做一个蝴蝶梦，像庄子一样与蝴蝶浑然一体，一起飞翔。在这个时代里，始终保持一种优雅的生命姿势，始终保持一种优美的的心境，那是一种有香味的生活，那是一种美丽的生活。

现代人迷茫，现代人迷失。而在很久以前，却有人能逍遥地行走在万物之中。我们对为什么活着讨论来讨论去，活着感觉越来越沉重，而那个人只为一个生命本体存在而轻松自在地活着。我们迷惘地游走于网络，而那个人却浮游于天地沧海之中，在自然中逍遥自在。我们把本来简单的事情演绎得越来越复杂，而那个人却简单地逍遥在山水之间。他，就是庄子。

我们现代人多知识，而古代人多智慧，但知识不等于智慧。多想和庄子一样做一个蝴蝶梦，像庄子一样与蝴蝶浑然一体，一起飞翔。在庄子看来，进入虚静状态之后，人抛弃了一切干扰和心理负担，就会忘掉一切，甚至忘了自己，不再受自己感觉器官的束缚和局限，而达到认识上的"大明"。"乘物以游心"，人如果看破了名，看透了利，那么，我们的心灵将会腾出巨大的空间，将会迎来美好的境界。

我们往往把太多太多的枷锁铸在我们的生命和心灵上。我们用永无止境的物欲、权欲套住了自己；把自己的怨恨、不平一遍遍在心里翻来覆去；用本来能够过去的不痛快一次次让自己不痛快。我们追求生命和心灵快乐以外的东西太多，这些追逐的劳累和痛苦压抑着生命和心灵的快乐。

我们关注物欲得太多，关注生命和心灵得太少。我们腐蚀生命和心灵得太多，滋养生命和心灵得太少。生命和心太累！这是现代人发出的感叹。让我们的生命和心灵告别枷锁，让我们的生命和心灵远离枷锁。让我们的生命和心灵告别狱室，让我们的生命和心灵远离狱室。给生命和心灵减压，给生命和心灵松绑。也许，庄子可以使我们来一次生命和心灵的越狱。

为了名利，人在不断地失去尊严。楚王派使者持千金来诱惑庄子，但庄子没有上套。庄子选择了舍弃，庄子获得了自由。庄子，赢得的是高旷的苍天之上的精神自由。他在最终思想上的超越，给了我们更多的人生思索。重视自我，人性与生活完全和谐统一。他强调个体生命的自由，才能达到美与丑、善与恶、欢喜和悲伤上升到源于自然的境界。

用庄子的话说，人生至高的境界就是完成天地之间的一番逍遥游，也就是看破内心重重的樊篱障碍，得到宇宙静观天地辽阔之中的人生定位。"乘物以游心"，虽不能及，心向往之。

我们面对人生的困惑和忧虑，我们浸泡在扭曲了的生命文化中无法自拔，庄子，让我们感觉自然周围都弥漫着生命的芬芳。在庄子思想的光芒中，仿佛进入一种生命气场，这种气场可以使人安宁、乐观、智慧、宽广。庄子是站在上帝的角度看人生，就像站在人的角度看蚂蚁，会感觉蚂蚁总是无事忙无端愁。庄子思想是熬制了千年的人生老汤，我们太缺少这样的有关生命文化的滋养老汤了。庄子结合深厚的文化修养，以寓言诠释智慧，以智慧诠释人生，以人生诠释生命文化，以生命文化安顿人心。从最高的生命原理出发，以一种最亲切的姿态，引起我们对生命文化的端详。

有时，我们把自己的生命当作机器，当作生产财富的机器。于是，我们拼命地生产财富，超负荷地运转，使得我们的机器不但不可能生产快乐，还会提前进入报废期。我们让生命承受的太多太多，我们的生命不堪重负。我们忘记了我们生命机器的使用寿命仅仅是 0～100 年，不正常的使用，使得我们生命及其功能失常，不能获取应得的快乐的内容和快乐强度。就是在我们长期操作不当、长期超压使用或严重违规操作的过程中，我们不但不尊重自己的生命，我们甚至齐声高呼：舍弃生命、追求虚无。我们忘记呵护上帝和父母赐予我们最珍贵的礼物了。生命文化，在很长的一个疯狂时期被我们忽略了、颠覆了。以人为本、以生命为本的文化的缺失，必然带来我们对生命观念上的偏差和畸形。生命文化的流失和缺席，必然给我们的行为带来无人性的因素。异化了的生命文化的取向，必然会带来人为的灾难。现在，是我们需要整体地改造我们生命文化的时候了。在变异了的生命文化浸泡下，必然导致精神结石、文化结石和对生命的损伤。浮躁的世界里，有没有景致更为开阔的人生？有没有令一颗心更乐意更快慰的通途？扭曲了的生命文化，曾经以其巨大的杀伤力，虐伤着我们的生命和心灵。我们的眼睛，总是看外界太多，看生命和心灵太少。

生命文化的扭曲是我们不尊重生命的根基。那带有冷酷色彩的生命文化，带给人的是灾难性的伤害。扼杀我们生命的不光是来自于外界对生命硬件的损伤，精神上的往往更具有杀伤力。有人说：有故障及时维修或更换！软件有病毒，及时删除并更新！但是长期被我们扭曲了的生命文化已经很难转换观念，需要高版本的杀毒软件甚至需要生命文化意识的重装。庄子，就是一部最好的杀毒软件。

也许，人生需要追求东西的太多太多，根本无暇关爱生命本身。殊不知，生命是易碎品，切勿倒置。每一个人都是一个装置，眼睛、鼻子、嘴，是为你组装好了的容貌，这种装置需要保养，不应随意拆装。每一个人都是一个装置，头颅、四肢、躯干，是为你组装好了的身体，这种装置需要维护，但不应随意拆换。喜、怒、哀、乐，是组装的情绪的元素。美、丑、善、恶，可以组装心灵，组装的心灵要经常净化，更需要滋养。我们可以用旅游来比喻人生的过程，生命的历程一路风景，也会伴随风雨。让美丽的、正确的、绿色的生命文化滋养我们的生命。美丽的正确的绿色的生命心态，是一种积极向上的心态，是一种健康乐观的态度，是一种可以点亮我们生命的温暖的光。这种文化我们盼了太久，它早就该以高大的身姿进入我们的视野。去伪存真、返璞归真，绿色的生命文化代替扭曲了的生命文化，才会给我们带来春天的心境和生命的福音。

保持一种静美的心境，拥有一种平淡的心态。在纷繁中淡定，在苍茫中从容。有阳光照耀生命和心灵，生命和心底里便会一片碧绿。世事沧桑，风起云涌，坐看一株雅菊，它的鲜艳、它的芳香，是对你的生命问候。春天的温暖，夏日的热烈，秋天的清爽，冬雪的洁白，是四季对你生

命的赐予。花红柳绿，山清水秀，是自然对你生命的赐予。拥有善美的心和美丽的生命，夜里便拥有一轮清月。拥有善美的心和美丽的生命，清晨便拥有一轮红日。生命阳光最灿烂。

　　既然没有永恒，那么困扰我们、纠结于心头的不平和遗憾，只不过是过眼烟云。我曾去过罗布泊，在那里可以体验生与死、繁华与萧条、暂时与永恒。罗布泊给我们留下了一个若大的警示：那一片水草丰美、鱼肥水荡的罗布泊，永远地消失了，留下的只是干涸的沙漠。我们总是在失去之后才会懂得它的珍贵；我们只有在失去后才会懂得它的脆弱。自然的罗布泊是这样，人生的罗布泊也是这样。那冷漠的目光，那残酷的恶性竞争，那尔虞我诈，那人情淡漠，其实已经构成了我们人生的罗布泊。人间真情的沙漠化，在向我们警示着什么。自然的罗布泊没有生命，人生的罗布泊没有爱。前些日子，我参加南方卫视《重返心灵家园》的拍摄活动，去了香格里拉，远远地望见了天葬台。安寂后的天葬台上的肉身，最终化为对鹰的布施，那是一种常人无法接受的崇高图腾。生生死死，死生相依，生是如此激奋昂扬，死亦当美丽宽广。

　　在这个时代里，始终保持一种优雅的生命姿势；始终保持一种优美的的心境，那是一种有香味的生活，那是一种美丽的生活。

>>>

　　时间会刺破青春的华丽精致，会把平行线刻上美人的额角，会吃掉稀世珍宝，天生丽质，什么都逃不过他横扫的镰刀。

——莎士比亚

流淌着幸福的坎儿井

坎儿井，便使得新疆柔情脉脉。维吾尔族姑娘像天使般在河边洗衣服，她们穿着漂亮的花裙，在阳光下鲜花般美丽。歌声、笑声在寂静的小河上空飘荡，音色优美，与自然浑然一体，使粗犷、单纯的村民心生丝丝婉约。

一眼望去，沙漠无边无际，四野沙海茫茫。戈壁大漠，是新疆的雄浑。

坎儿井，便使得新疆柔情脉脉。

坎儿井井水清澈，温润如温泉。坎儿井是新疆独特的风景，是乡亲们的生命泉。

维吾尔族姑娘像天使般在河边洗衣服，她们穿着漂亮的花裙，在阳光下鲜花般美丽。歌声、笑声在寂静的小河上空飘荡，音色优美，与自然浑然一体，使粗犷、单纯的村民心生丝丝婉约。

这里的人都很长寿。老人们谦和慈祥，有自然赐给他们的鹤发童颜，有梦境赐给他们的明亮目光。他们又白又长的胡须向前翘着，目光是那么平静，神采是那么自信。

村民们春天种植葡萄、甜瓜，秋天晾葡萄，她们不知道什么叫忧郁。是因为这里四季都可以吃到鲜美的瓜果；还是因为这里的人们对生活的寄托像蓝天、白云一样明净？

麦西来甫的古乐声响起来，小伙子、姑娘的舞蹈跳起来，手鼓打起来，都塔尔弹起来。作为歌舞之乡，你可以随时进入一片歌舞的海洋。载

歌载舞，人们的生活都是喜庆洋洋。对于在大都市生活的人来说，很难享受到如此纯净的生活；很难享受到如此简单明快的生活；很难享受到如此快活的生活。

坎儿井的水流淌着，静静地。

这动人美丽的小河，这明亮、纯美的阳光，这令人魂牵梦绕的地方，这遥远的地方，是那么令人心动。

人生有两出悲剧：一是万念俱灰，另一是踌躇满志。

——萧伯纳

风过乌拉泊

不远处是他的一群羊，羊儿低着头啃着地上的草，那草低低地贴在地面儿上，似乎想要钻进地里，以免遭受羊的啃噬。但羊儿似乎很执着，不放过任何一丝绿色的东西。干裂的大地上，这些绿色的精灵，给古城多少带来了一些生机。

新疆的乌拉泊满是风，除了风，便是风扬起的尘沙。

太阳明晃晃地挂在天上，把灿烂的阳光赤裸裸地投放在赤裸裸的大地上。风是冷的，阳光是温暖的。一方面是冷硬，一方面是温软，同时在这里拥有。乌拉泊是富足的。

一片湖水，一群野鸭。

湖水是那样蓝，蓝得没有一丝杂质，这片湖也算是野湖吧？它静静地在这里蓝着，它静静地在这里温润着。

是我打扰了它，对不起了。

但愿没有太多地惊扰它。

乌拉泊古城淹没在历史的记忆里，它在人们的视野里消失，很少有人再去关注那些破败的城墙。但在许多年以前，它是那么的辉煌、繁荣。

乌拉泊古城展现在我的面前，风雨已经把它销蚀得残存无几。残垣断壁，墙面斑驳。我无法想象它过去的繁华，它是怎么残败废弃的呢？

一位维吾尔族老人坐在半堵墙体上，悠闲地抱着一杆放羊鞭。不远处是他的一群羊，羊儿低着头啃着地上的草，那草低低地贴在地面儿上，似乎想要钻进地里，以免遭受羊的啃噬。但羊儿似乎很执著，不放过任何一

丝绿色的东西。干裂的大地上，这些绿色的精灵，给古城多少带来了一些生机。

风又紧了一些。

风声，似乎在诉说着什么。

面对低矮残破的土墙，我不敢登上去，我也不忍登上去。它承受得太多太多。风风雨雨，沉重的历史，我们不应再给它增添更多的负担，它已经承受不了了。

风过乌拉泊，留下的是更坚硬、沉实的沙粒。留下的是荒凉和寂寞，留下的是思索。

必须记住我们学习的时间是有限的。时间有限，不只由于人生短促，更由于人事纷繁。

我们应该力求把我们所有的时间用来做最有益的事。

——斯宾塞

父亲的庄稼地

过了一些天，我们发现父亲有时扛着农具走出家门，我们感到奇怪，不是没有地了吗？父亲怎么还扛着农具？我们悄悄地跟在父亲的后面，父亲来到一个沙滩上，原来，父亲实在闲得慌，实在太喜爱种地了，自己没有了地种，便开垦了一片河滩地。土地，是父亲的命。

父亲就在这一片隆起的土地里了，那里面是否是天堂所在？隆起的土地告诉我：那里面一定不是虚设，一定拥有另一个世界。

父亲的坟周围是一片庄稼地，父亲住在一片庄稼地里。

父亲老了，身体也有病了。但父亲依然钟情他的那一片庄稼，他为他的那一片土地耕种，他为他的那一片庄稼除草、施肥，父亲佝偻着身子，在田里劳作。似乎那田里有他无穷的乐趣。

我们兄弟几个商量决定，不能再让父亲种地了，便把父亲的土地转让出去。父亲一开始极力反对，经过我们反复劝说，后来也就同意了。

失去土地的父亲像丢了魂一样，经常去看别人家在自己地里种的庄稼，父亲坐在地头上，抽着一根烟，看到庄稼长势很好，便高兴起来，好像庄稼是自己的一样，好像庄稼是自己的孩子一样，看到自己的孩子生长得好好的，便无比喜悦。

过了一些天，我们发现父亲有时扛着农具走出家门，我们感到奇怪，不是没有地了吗？父亲怎么还扛着农具？我们悄悄地跟在父亲的后面，父亲来到一个沙滩上，原来，父亲实在闲得慌，实在太喜爱种地了，自己没有了地种，便开垦了一片河滩地。

土地，是父亲的命。

土地，是父亲的福祉。

父亲开始经营他的那片刚刚开垦出的土地。父亲很高兴，感到自己很有创造性，感到自己很有成就感。像哥伦布发现了新大陆，并让这片新大陆在自己手里鲜活起来、生动起来。一片庄稼诞生了，父亲走进这片庄稼地，父亲淹没在这片庄稼地里。

不，父亲融化在这片庄稼地里。

现在，父亲永远离不开他的庄稼地了。

在今天和明天之间，有一段很长的时间；趁你还有精神的时候，学习迅速地办事。

——歌德

大钢铁

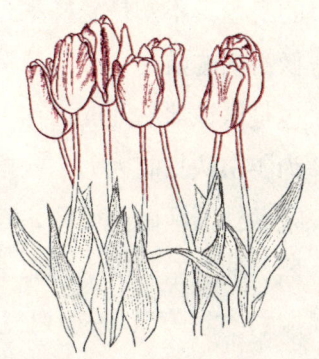

把铁炼成钢，是除去过多的碳元素，加入一些其他金属元素，从而使其性能、品质更加优良。这不仅仅是一种净化，更是一种完善。一个人因纯洁而美丽，因丰富而有力，变成坚强、智慧的人，该经过多少次冶炼啊！

面对钢铁，它的沉重令人沉思，它的坚硬使人刚强。它的沉默，让我懂得什么是厚重。它的冶炼过程，使我悟出人生的走向。

与钢铁对话，重要的是倾听。

与钢铁对话，首要的是以敬仰的姿势。钢铁，字典上的解释是：钢和铁的合称，有时专指钢。铁的合金称之为钢。铁矿石，有磁铁矿、赤铁矿和菱铁矿之分。

每一枚铁矿石，都像一则寓言，你只有用心阅读，才可以读出它的深刻含义。铁，作为铁矿石的实质内容，或者铁矿石选择以铁作为自己的内含元素，而又以极朴实的状态存在着。你可以忽视它，但你绝不能轻视它。它的恒久永远，正如中国黎民百姓的长久；它的粗糙，也如百姓的朴实；它的铁性内涵，也如百姓骨子里的那股硬气。

捧起铁矿石，如托起一部厚重的历史；捧起铁矿石，如捧起祖先留存的遗骨。

开采矿山，是在开采中国的古文明史。我们可以骄傲，但无法欢喜；我们可以自豪，但无法洋洋自得。我们以尊重历史面对现实的原则走向矿

山。它静静坐在那里，宽厚安详。

对钢铁的最初认识是看乡村的一个铁匠打铁。铁匠很瘦小，他那瘦小的身躯真不知是怎样举起沉重的铁锤的？然而，那沉重的铁锤在他的手里像听话的鼓槌，极有节奏地一下一下地敲打着烧红的铁器。听说他的父亲也是做铁器活儿的，在十里八乡都很知名。日本侵华的那些年，他的父亲为游击队打制大刀、铁抢，那活干得真叫绝。鬼子不知是怎么知道他的父亲做铁器活做得好的，有一天，他父亲被鬼子抓了去，让他为鬼子打制铁器，他父亲坚决不为鬼子做事，鬼子把烧红的铁棍烙在他父亲身上，只听"嗞"的一声，一股白气儿冒出，同时产生一种血肉烧焦的味道。他父亲咬着牙，说我给你们打，鬼子便在一旁看他父亲打铁器，他父亲忽然把铁锤砸向一个鬼子的脑袋。

解放后，他又操起了这份祖传的活计。煅打、淬火，在寂寞的乡村里成为唯一生动的风景。

对钢铁厂的最初想象，对于我来说，这个铁匠是我唯一思考的线索。而我最初走进钢铁厂，心里异常激动，心跳的感觉也像铁匠打铁一样在我的心鼓上敲击。

这是一种最硬朗的生产。

没有哪一种生产像冶炼钢铁这样，如此惊心动魄。

从古板的教科书上，它的冶炼原理是可以用几个化学方程式来表述的。而它的人文、哲学和思想价值远非几个化学方程式所能诠释的。冶炼钢铁的过程，也是一个还原的过程，在高温之下，把铁还原出来，从否定走向肯定，最终达到超越，把一个人最为钢质的东西凸现出来，把人的坚强的优根凸现出来，剔除掉人的虚伪、软弱、贪婪的劣根，是一个人冶炼过程。纯真的钢铁，须用一生炼就。

强其筋骨，是对人身体素质的冶炼。

而对一个人心灵的冶炼，则要更炽烈的火、更持久的火。

火，是冶炼中的灵魂。

火，是冶炼中是最富感情的一种成分。

铁矿石在火的哺育下，生成铁，就像庄稼在阳光的作用下，生产出粮食。光合作用，生成的粮食，喂养着人类。

钢铁，是建设的粮食。钢铁，喂养着建设。当我们守着这座高炉时，如同农民守着他那片庄稼地，一样的大汗淋漓，一样的侍弄调理，一样的期盼。

高炉，如怀孕的母亲，伟大而幸福。出铁的那一刹那，不正是母亲分娩的情景吗？高炉，母亲般劳作，母亲般慈爱，母亲般伟大。同样，高炉也如母亲般痛苦，母亲般幸福。

高炉，铁的母亲。

这也是我们为什么只能用仰望看你的他原因，唯一的原因。

把铁炼成钢，是除去过多的碳素，加入一些其他金属元素，从而使其性能、品质更加优良。这不仅仅是一种净化，更是一种完善。一个人因纯洁而美丽，因丰富而有力，变成坚强、智慧的人，该经过多少次冶炼啊！

《钢铁是怎样炼成的》，是关于人成长的一本书，它教会我们如何把自己百炼成钢。

打开门捷列夫的元素周期表，有一个位置是为一种坚韧的元素所占据的。它像一颗星星，镶嵌在无际的夜空中，它虽然不是最明亮的那颗，正如铁远不如金、银贵重，但它朴实地存在着，同众多的繁星一起，使我们的夜空不再凄凉，使我们的夜空不再寂寞。

它默默地闪烁着光亮。

它告诉我们许多。钢铁之门，只有虔诚的心灵才有资格叩击。

钢铁，当我静静抚摸你的时候，你很快把我的体温传导给你的心脏，我用心聆听你的心跳。

当你存在于铁矿石里的时候，你就是埋在深处的宝藏。

当你化作铁水奔涌的时候，你不就是一条沸腾奔流的黄河吗？

当你凝固的时候，你是那永恒伟岸的泰山。

钢铁，你告诉我人生的真谛；

钢铁，你教会我怎样成长；

钢铁，使人学会冷静；

钢铁，使人学会坚强；

钢铁，我将一生与你同行。

古来一切有成就的人，都很严肃地对待自己的生命，当他活着一天，总要尽量多劳动，
多工作，多学习，不肯虚度年华，不让时间白白地浪费掉。

——邓拓

向敦煌道歉

我想，我们应向敦煌道歉，请它原谅我们打搅了它的宁静。我们应向敦煌道谢，感激它使我们看到了一种壮美、绮丽。千年的守望，是否迎来一丝命运的光亮？敦煌带给我们很多思考和感叹。

我想，我们应向敦煌道歉，请它原谅我们打搅了它的宁静。我们应向敦煌道谢，感激它使我们看到了一种壮美、绮丽。

对于敦煌，我是向往的。之所以向往，是因为我与它的距离。而我真正走进敦煌时，我为我的肤浅感到惭愧。越是走进敦煌，越是感到我和它的距离。我永远听不到它的心跳，我永远读不懂它的眼神。

莫高窟是我国四大石窟之一，敦煌飞天也早已声名远扬。它开凿始于公元 366 年。从十六国到元朝，石窟的开凿一直延续了十个朝代，1500 多年。在唐朝武则天时代建造的洞窟已达到一千余龛，因此俗称千佛洞。莫高窟经过风沙侵蚀仍保存着十个朝代的 750 多个洞窟，窟内壁画四万五千平方米，另有彩塑三千余身和唐宋窟檐木构建筑五座。

沉寂，只有佛守着这一顷荒园。

不，这里有很多醒着的灵魂和不朽的文化。

这时我想，我们走在人生路上，是踩着别人的喜怒哀乐；是踩着别人的悲欢离合；是踩着他人的成功或失败；是踩着他人的欢笑或忧愁。脚下发出的有时是鞭策；有时是警告；有时是鼓励；有时是劝阻。但是，有多少时候是别人让我们停下来的？我们大多都是自己停下自己前行的脚步

的。"卷轴散溢孤香远，一度狂沙几飞天。"一片从阴暗洞窟中升起的辉煌，一幅丹青妙手的佳作。莫高窟，完成了一个时代与另一个时代的承接，于地下沉睡，于众人皆醉中醒来。远去了，历史的脚步悄然走过，曾经的辉煌与没落已化为一泓淙淙逝水，飘然远去，在记忆深处，一帘敦煌的残梦幽然垂落。

莫高窟是集建筑、雕塑、壁画三位一体的立体艺术宝窟。中国石窟艺术源于印度，印度传统的石窟造像以石雕为主，而敦煌莫高窟因岩质不适雕刻，故造像以泥塑壁画为主。整个洞窟一般前为圆塑，而后逐渐淡化为高塑、影塑、壁塑，最后则以壁画为背景，把塑、画两种艺术融为一体。壁画内容大量描绘了人们生产活动的片断和佛教史迹等，生动地反映了我国 6 世纪到 14 世纪的部分社会生活及艺术发展情况，是目前世界上最长、规模最大、内容最丰富、保存最完整的画廊。窟内壁画的内容和色彩有时看不大分明，但雕塑高大、威严，颇有气势。最大的那三尊几十米高的佛像——两尊巨型的坐佛和一尊巨型卧佛颇为壮观。

一个地方，有美丽的自然风光，这是大自然的赐予；一个地方，有深厚的历史文化，这是古人的赠予。

月牙泉处于鸣沙山环抱之中，其形酷似一弯新月而得名，古称沙井，又名药泉，一度讹传为渥洼池，清代正名为月牙泉。其水质甘冽，澄清如镜，涟漪萦回，水草丛生，处戈壁而泉水不浊不涸，久雨不溢，久旱不涸。流沙与泉水之间仅数十米，虽遇烈风而泉不被流沙所淹没，风起沙飞，均绕泉而过，从不落入泉内。清道光《敦煌县志》载："泉甘美，深可测"，"四面沙龙，一泉清澈，为飞沙所不到"。这种沙泉共生，泉沙共存的独特地貌，确为"天下奇观"。

关于月牙泉最早的记载见于东汉《辛氏三秦记》："河西有沙角山，峰愕危峻，逾于石山，其沙粒粗色黄，有如干踄。又山之阳有一泉，云是沙井，绵历千古，沙不填之。"这里所记"沙井"便是今日的月牙泉。自此之后，关于月牙泉的记载便屡见史籍，并与鸣沙山紧密地连在一起。唐《元和郡县志》载："鸣沙山有一泉水，名曰沙井，绵历古今，沙填不满，水极甘美。"

月牙泉，东西长 300 余米，南北宽 50 余米，泉形酷似月牙儿，四周是高耸的沙山。它的神奇之处就是流沙永远填埋不住清泉。过去，人们难解大自然的奥秘，便以丰富的想象力创造出优美的神话传说来解释自然现象。相传很久以前，敦煌一带是一望无际的大戈壁，没有鸣沙山，更没有月牙泉，有一年这里大旱，树木庄稼都枯死了，人们干渴难忍，大放悲声。美丽善良的白云仙子路过这里，听到人们撕心裂肺的哭声，心如针刺，伤心地掉下了同情的泪珠儿。泪珠儿落地化为清泉，使人们脱离干渴的灾难。为了感恩戴德，人们修了一座庙宇供奉白云仙子。这样，便惹恼了神沙观里的神沙大仙，他抓把黄沙一扬，化作沙山想填埋清泉，赶走夺他香火的白云仙子。白云仙子道行浅，斗不过神沙大仙，便来到九天找嫦娥，借月亮与神沙大仙斗法。这天正好是初五。白云仙子借来一弯新月，放在沙山中间化为清冽莹澈的月牙泉，供人们饮水浇田。神沙大仙又使出妖法，去填月牙泉。嫦娥知晓后，非常生气，谴责神沙大仙蛮横无理，欺人太甚，轻轻将衣袖一拂，大风顿生，把填泉的流沙吹上山顶。气得神沙大仙吼声如雷，沙山因此而鸣响。

还有一个故事：从前，这里没有鸣沙山也没有月牙泉，而有一座雷音寺。有一年四月初八，寺里举行一年一度的浴佛节，善男信女都在寺里烧香敬佛，顶礼膜拜。当佛事活动进行到"洒圣水"时，住持方丈端出一碗雷音寺祖传圣水，放在寺庙门前。忽听一位外道术士大声挑战，要与住持方丈斗法比高低。只见术士挥剑作法，口中念念有词，霎时间，天昏地暗，狂风大作，黄沙铺天盖地而来，把雷音寺埋在沙底。奇怪的是寺庙门前那碗圣水却安然无恙，还放在原地，术士又使出浑身法术往碗内填沙，但任凭妖术多大，碗内始终不进一颗沙粒。直至碗周围形成一座沙山，圣水碗还是安然如故。术士无奈，只好悻悻离去。刚走了几步，忽听轰隆一声，那碗圣水半边倾斜变化成一湾清泉，术士变成一块黑色顽石。原来这碗圣水本是佛祖释迦牟尼赐予雷音寺住持，世代相传，专为人们消病除灾的，故称"圣水"。由于外道术士作孽残害生灵，便显灵惩罚，使碗倾泉涌，形成了月牙泉。

梦境飞扬的地方，幸福落定。月牙泉，梦一般的谜，千百年来不为流沙而淹没；不因干旱而枯竭，堪为奇迹。

有一个梦

埋在历史的深处

有一种美丽

盛开在过去的春天里

躲进岁月

藏入大漠

用寂寞掩盖热烈

荒芜弥漫辉煌

但我仍然可以望见你

跃马奔腾

那飞扬的披风

是你前行的旗帜

辽阔

空旷

千古之谜

如黄沙漫漫

沧海桑田

千年一叹

记忆的天空

云起云落

人生的大海

潮起潮落

生生落落

烟云从头过

敦煌

你那轮明月

又在哪里升腾

你的歌声

在远方飞起

千年的守望，是否迎来一丝命运的光亮？敦煌带给我的是思考和感叹。

就要离开敦煌了，我不住地回头看着它，看着它，直到它消失在我的视线里。

敦煌，再见！也许，以后我还会再来看你的。

天才不能使人不必工作，不能代替劳动。要发展天才，必须长时间地学习和高度紧张地工作。人越有天才，他面临的任务也越复杂，越重要。

————阿·斯米尔诺夫

风雨描绘的是彩虹

2005 年春节晚会上，舞蹈《千手观音》博得亿万观众的赞许。谁能想到，如此精妙绝伦的舞蹈竟是一些聋哑姑娘表演的。她的经历告诉我们，做自己的观音，将命运掌握在自己的手里。蚌，在痛苦中孕育了珍珠。风云孕育的是甘霖，风雨描绘的是彩虹。

风云孕育的是甘霖；风雨描绘的是彩虹。

蚌，在痛苦中孕育了珍珠。

有一首歌唱道："橄榄若不压成渣，就不能成油；葡萄若不入桶酿，就不能变成酒。"

两岁的小邰丽华，不会明白一次高烧为什么会"烧"掉她的听力。更不会明白，接下来还有更糟糕的事情降临在她的身上，她不能发声了。这时她还小，她还不知道这些事情对她意味着什么。5 岁时，在一次与幼儿园的小朋友做游戏时，她发现了自己与别的小伙伴的不同。小伙伴们轮流蒙着眼睛来玩辨别声音的游戏，她发现自己无法辨别声音，这对于一个幼小的心灵该是多么沉重的打击。泪水不能冲刷掉残酷的现实，小小的年纪，她将面临命运的挑战。

小邰丽华很受老师的喜爱，她的老师说："也许是文化课功底较好的缘故，她比别人勤于思考，更善于琢磨用舞蹈来表达情感。"正如她的老师说的那样，小邰丽华最喜欢律动课，因为她不能用语言表达她的情感，只有舞蹈才能更好地表达她的情感。老师踏响木地板上的象脚鼓，把震动传达给地板上的学生，让他们明白什么是节奏。小邰丽华趴在地板上，感受到了那似乎来自"天堂"的美妙信息。为了感受声音和音乐，小邰丽华把小小的脸贴在录音机的喇叭上。为了看舞蹈节目，只要电视里一播放舞蹈节目，她就目不转睛聚精会神地盯着电视。

老师和父母看在眼里喜在心上，便有意识地对小邰丽华的舞蹈进行培养。

她还记得一次父亲外地出差回来时给她带回一双白舞鞋。这份礼物非同小可，这可是小邰丽华最喜爱的东西啊！小邰丽华穿上舞鞋欢快地跳了起来。这一份礼物，送到了小邰丽华的心上，也为她在心里埋下了热爱舞蹈的种子。

在专业舞蹈团体训练时，她遇到了很多困难，正是毅力和对舞蹈的喜爱，使得她刻苦训练并不断地进步。她每天都要挤时间训练，比别的队员付出更多的汗水，投入更多的时间，练得身上总是青一块、紫一块，有时膝盖被磨得流血、红肿。孝顺的邰丽华为了不让妈妈看见自己身上的伤，不让妈妈心疼，即使在很热的天气里也是穿着长裤子来遮挡身上的伤。多么孝顺的孩子啊！

舞蹈家杨丽萍在看了邰丽华跳的《雀之灵》后，感慨万分，她由衷地佩服这个女孩子，说："我创编了《雀之灵》这么多年，如果听不见音乐，我都不知道自己还能不能跳出那种味道来，而你竟然跳得这么好，真不简单！"

大学，一直是邰丽华的梦。1994年，邰丽华考上了湖北美术学院学习装潢设计，圆了她的大学梦。由于她听不见老师讲课，她只能靠看老师的口型和板书来领会教学内容。下课后，别的同学都休息了或者玩去了，但此时的邰丽华却在抄写同学的课堂笔记，此时，她陶醉在知识的海洋里。最后，她不但拿到美术专业的学位，而且还拿到了文学学士学位。到设计的酒类包装还获了奖。我们无法想象，要获得这样的成绩，她该是付出多少汗水，她该克服多少困难啊。

2005年春节晚会上，舞蹈《千手观音》博得亿万观众的赞许。谁能想到；如此精妙绝伦的舞蹈竟是一些聋哑姑娘表演的。这个舞蹈的难度非常高，由于聋哑人听不到声音，又要求动作统一协调，光排练就花费了近一年时间，演员们在表演时只能用余光看手势，时间配合上不能差分毫，

表演成如今这样的默契，真的是血与泪的结晶。邰丽华是《千手观音》的领舞，她的经历告诉我们，做自己的观音，将命运掌握在自己的手里。

邰丽华在自己的博客中写到："是我们伟大的祖国，给我们插上了飞翔的翅膀；是许许多多善良的人们，托起了我们残疾人的梦想。"2010年，邰丽华获聘成为广州2010年亚残运会志愿者形象大使，并号召社会各界人士加入到亚残运会志愿者的行列。在今年的全国中小学《开学第一课》上，邰丽华与全国中小学生分享了为梦想努力的经历，鼓励全国中小学生为梦想而奋斗。在世博会生命阳光馆，她们的精彩演出博得观众的阵阵掌声。现在，她是中国残疾人艺术团的团长。这位在无声的世界里创造出了一种特殊美丽的舞者，在给我们带来了高雅的艺术享受的同时，更多的是给我们带来精神的力量。

《我的梦》是一部由84位残疾人出演的艺术影片。邰丽华是电影《我的梦》的制片人、主演和舞蹈统筹，同时她还为电影配音。她的声音含混但很有力量，而且给人美的质感："生命，总有价值，哪怕是一棵受伤的树，也献出了一片绿荫；即使是一朵残缺的花，也散发着全部芬芳……""于黑暗中体会光明，于无声中感悟音律，于残缺中寻求完美"。

我为她们自强不息的精神所震撼。邰丽华的美丽，不光是她的美丽的舞姿，她坚强不屈的精神更加美丽。

坚强，奋斗，就能成就一切。积极向上，你会看到希望的蓝天，拥有信念，拥有毅力，便拥有成功。

必须记住我们学习的时间是有限的。时间有限，不只由于人生短促，更由于人的纷繁。我们应该力求把我们所有的时间用去做最有益的事。

——斯宾塞

把幸福叫醒

幸福感是衡量人生的重要标准。工作和生活的压力、自然和人文环境的恶化，内心世界的烦躁，造成我们情绪的恶化。这些，无不在变卖夺走我们的健康和幸福。招内心强大起来，唤醒我们内心的幸福感，招幸福叫醒。

把幸福叫醒

就像花需要用春天来唤醒一样，我们应该用春天的温度温暖心情，我们应该唤醒我们感恩的心，我们应该用感恩的心对待我们周围的一切。用春天的体温，唤醒我们感恩的心和美好的心情，唤醒了我们的幸福感。感知幸福，是一种能力，是一种智慧。

我们突然不知道什么是幸福了吗？我们忘了但又渴望幸福，我们离财富越来越近，但我们突然发现自己离幸福越来越远，什么时候我们把幸福弄丢了？

我们慢慢地习惯为自己设置密码，把自己的心设置上密码，把自己的幸福设置上密码。再打开我们的心，打开我们的幸福，便多了一道程序。如果再忘了密码，或者密码被盗，那我们便真的无法打开自己的心了，那我们便真的无法打开自己的幸福了。

作为社会人，我们有着太多的压力和不安，来自外界的和来自内心的压力和不安在挤压着和淹没着我们。作家和心理学家毕淑敏从心理学、医学、人文科学的角度，为我们解答如何破解心灵锁链——自卑、抑郁、焦虑、悲伤、死亡恐惧等这些潜藏在意识深层的创伤，思考与探索和谐平衡的心灵艺术。

但真正打开自己的心，真正打开自己的幸福的，应该是自己。可惜的是，我们忘了自己应该怎么样才能打开幸福。

幸福密码是什么？幸福真的有密码吗？我们怎样破解幸福密码？毕淑敏认为，幸福不仅仅是一种精神的产品，而且和我们的生理密切相关。它是意义和长久快乐的结合体。所以，我们要学会控制自己的幸福激素，不能沦为内分泌的奴隶。她将中国人对待幸福的方式做了很有趣的四大分类，分别是饮鸩止渴型、黄连团子型、馊馅饼型和幸福型的包子。

当我们一己的生命，和一个辽阔的宇宙相联系的时候，我们渺小的存在，就变得深厚和绚烂。我愿从此以微弱跳动之心，做真诚美善之文字，以应答沧桑无序的人间。我们的脚步越来越快，但我们抵达幸福的脚步越来越慢。

幸福的突破口在哪？我们什么时候把幸福深深地埋葬？看看毕淑敏是怎样以诗意的语言，与读者分享她的心得的吧：不要把悲伤的骨骸永远存放在记忆的衣橱里，一打开柜门就散落一地。要把它打包，放在记忆的深处。心里的安静，也要渐次完成，不必急。哀伤不必强求消失，只是成为我们历史的一部分。找到新的模式，覆盖内心深处的自卑。

学会与自卑友好相处，对自己将有一个良好而恰当地评价，对于自己的期望值恰如其分，清醒地认识自己的优缺点，有条不紊地工作、学习、生活。有一个良好的社会支持网络，有值得信赖的人，能有效抗击焦虑和危机。也许，她的指点能给我们一点启发。

这位在西藏阿里度过了 11 年青春年华的作家，美妙的青春面壁雪山，花样年华伴随红柳。大天大地，但人很渺小。她经历过那种渗入骨髓的忧伤，她知道与生俱来的渺小和孤独感，将伴随每个人的一生。她说：我要对自己的幸福负责。我审视自己对于幸福的把握和感知，我训练自己对于幸福的敏感和享受，我像一个自幼被封闭在黑暗中的人，学习如何走出洞穴，在七彩的光线下试着辨析青草和鲜花、朗月和白云。其实，我们的心灵就是一片天空，明静的心就是没有污染的蓝色天空。快乐的情绪就是使

生动天空的白云朵朵。我们对财富的敏感度越来越强，对幸福的敏感度越来越弱。我们是否应当轻轻的呼唤一声，把自己的幸福叫醒？让我们把幸福启动，让我们把幸福激活。

　　别让自己的幸福再沉睡了，叫醒你的幸福吧！

必须记住我们学习的时间有限的。时间有限，不只由于人生短促，更由于人事纷繁。

——斯宾塞

风雨创造彩虹

梦醒后，他突然感觉到：原来活着是最大的幸福。于是，他开始热爱自己的生命和生活，开始了与命运抗争。残疾并未摧毁他的意志，他用尚能活动的上帝仅留存给他的手指、大脑，追求着他的理想，实现着他的愿望。

一个人在青年时期患上了一种奇怪的病，到大学时期已经不能行走了，也不能说话了。

在残酷的现实面前，他万念俱灰。

他做了一个梦，梦见自己被处死。

梦醒后，他突然感觉到：原来活着是最大的幸福。

于是，他开始热爱自己的生命和生活，开始了与命运抗争。

他不能说话，但可以思维。虽然只能动几个手指，但他仍然写出了许多巨著。

他就是伟大的科学家史蒂芬·霍金。

一位记者问霍金，"霍金先生，卢伽雷病已将你永远固定在轮椅上，你不认为命运让你失去太多了吗?"霍金用手叩击键盘，打出这样一段文字：

我的手指还能活动，

我的大脑还能思维；

我有终生追求的理想，

有我爱和爱我的亲人和朋友；

对了，我还有一颗感恩的心……

霍金，科学的巨人，更是人生的巨人。残疾并未摧毁他的意志，他用尚能活动的上帝仅留存给他的手指、大脑，追求着他的理想，实现着他的愿望。

只要你自己不放弃自己，世界便不放弃你。霍金因拥有生活而幸福着，世界也因拥有霍金而荣耀着。

生活并不会抛弃任何一个人，只要你张开双臂拥抱生活，生活也便张开双臂拥抱你。用自己的体温温暖生活，生活也便用春天的体温拥抱你。

坚韧，自强不息，天使便始终微笑地看着你。坚持到底，最终天使便会向你伸出暖暖的手，牵着你的手走向成功。

不要只因一次失败，就放弃你原来决心想达到的目的。

——莎士比亚

用好心情建造自己的人生建筑

心灵的静美，通过肢体的精美操作，才会完成精美的产品。压抑，是工作的腐蚀剂。快乐，是工作的催化剂。工作着，是美丽的。前提是，你有一个美丽的心态。快乐地迈开你的人生脚步，你的人生才会步履轻盈。

　　我们的人生其实就是一座建筑。

　　我们的人生建筑物在我们的手中添砖加瓦，但有时也在我们的手中被破坏。

　　当我们是好心情时，我们的思想是积极的。此时，我们的人生建筑物便在我们的手中添砖加瓦。当我们是坏心情时，我们的思想是消极的，此时，我们的人生建筑物便在我们的手中被破坏。

　　我们的人生建筑物，包括事业、家庭，也包括我们的身体和精神。

　　有好心情，便身心和谐，便在美中建造美的东西。

　　坏心情，便会产生精神毒素，在不和谐中建造的东西一定是不美满的。

　　快乐，是心灵的阳光。它可以给心灵以温暖，它可以给心灵以光明。快乐，可以使你最大化地发挥潜能，可以使你创造性地做好某项工作。没有快乐，你便无法做好事情。只有在身心和谐的情况下，才能把工作做到极致。

　　有一个人被捕入狱后，被安排做钟表。他发现无论狱方采取什么高压手段，都不能使他制作出日误差低于 1/10 秒的钟表，而在入狱前他却能

使误差低于 1/100 秒。起初，塔·布克把它归结为制造的环境，后来，他越狱逃往瑞士日内瓦，才发现真正影响钟表准确度的不是环境，而是制作钟表时的心情。

在强大的压力面前，你可以完成工作，但你绝对不会很好地完成工作，也不能最好地完成工作。

心灵的静美，通过肢体的精美操作，才会完成精美的产品。压抑，是工作的腐蚀剂。快乐，是工作的催化剂。工作着，是美丽的。前提是，你有一个美丽的心态。快乐地迈开你的人生脚步，你的人生才会步履轻盈。

给自己快乐的心，让自己精美地做好自己。

不要放弃你的幻想。当幻想没有的时候，你还可以生存，但是你虽生犹死。

——马克·吐温

掌心化雪

轻轻伸开手掌，把一朵雪花接住。把你放在手心里，雪花，感到手心的温暖了吗？可是，我们看到的却是雪花的泪滴。为了逃脱我们的掌心，雪花先把自己融化，然后把自己蒸发出去。溺爱不是爱。爱孩子，就让他们像雪花一样飘在冬季的天空里吧！

　　一朵朵雪花天使般飘落下来。

　　那翩翩起舞的美丽舞姿，那晶莹轻盈的身子，就这样飘飞着。真怕你不小心跌破了身子。

　　我的心柔软起来。于是，我轻轻伸开手掌，把你接住。我把你接在我的手心里，让你安全地着陆。

　　感到我的手心的温暖了吗？那里有我的体温啊！

　　可是，我看到的却是你的泪滴。

　　为了逃脱我的掌心，你先把自己融化，然后把自己蒸发出去。

　　雪花，是开在冬天里的。童年是生长在快乐里的。

　　我们给孩子太多的课业负担，我们给孩子太多的溺爱，把他们含在嘴里、捧在手里，使他们变成了我们手心里的雪。多少溺爱，酿成了一个个悲剧，这样的例子很多。

　　北京安定医院曾在两年内对北京的 2000 多名儿童进行了调查，结果显示，这些孩子的社会适应问题发生率为 23%，主要表现为缺乏自我控制能力，行为怪异；不能控制食欲；在活动中不守秩序，别人不按自己希望的方式玩，就大吵大闹；不考虑别人；不能与别人分享成果。这些均与家

长的溺爱和过度保护有关。溺爱型家教方式培养出的孩子，经常是：想入非非而眼高手低；志大才疏并心猿意马；稍遇坎坷便一蹶不振；只图虚荣却华而不实。溺爱型家庭教育方式的一个后果是，孩子的竞争性不足或是被扭曲。可见，溺爱不是爱。

　　爱孩子，就让他们像雪花一样飘在冬季的天空里吧！

人生应该树立目标，否则你的精力会白白浪费。

——波得斯·R

不要把偷菜芯片植入孩子脑子里

"妈妈！今天我偷菜了！"对可塑性大、好奇心强的学生来说，他们由于正处于人生成长特殊阶段，由于缺乏人生阅历和鉴别力，而且喜欢模仿，极易受环境的影响。

一天，一个12岁的小女孩和妈妈去菜市场里买菜回来，对妈妈说："妈妈！今天我偷菜了！"

妈妈以为孩子说的是网络农场的偷菜游戏，便随口应道："哦！"

又一天，小女孩和妈妈去菜市场买菜回来，又对妈妈说："妈妈！今天我又偷菜了！"

小女孩举着一个洋葱，眉飞色舞地说："妈妈！你看！这就是我今天偷的菜。"

这次妈妈惊呆了。女儿什么时候成了小偷了？这可不得了！

原来，小女孩和妈妈都喜欢玩网络农场偷菜游戏，把网络上偷菜的游戏延伸到现实里来了。网络农场偷菜游戏，对成长中的儿童影响很大。偷菜不算偷，偷得者得意洋洋，被偷者一笑了之，大家对偷来偷去的游戏都兴高采烈。久而久之，"偷菜不算偷"的观点便深深地埋在孩子脑子里，可不能小看潜移默化的作用，它就像偷菜的芯片植入孩子脑子里一样。

大家津津有味地、理直气壮地偷菜。能"偷"别人的菜，让人有了"不劳而获"的感觉。种菜时常常突然拣到几颗"贵重"的种子，让人产生了"投机取巧"的心理。我们教育孩子做一个正直的人，而在网络里大

人小孩却偷得热火朝天，孩子会无所适从，慢慢地会认为偷菜不算偷。在"农场"里可以窃取别人的劳动成果，还不会受到惩罚，这会影响到孩子正确道德观的形成。对可塑性大、好奇心强的学生来说，他们由于正处于人生成长特殊阶段，由于缺乏人生阅历和鉴别力，而且喜欢模仿，极易受环境的影响。

孩子！别再痴迷偷菜游戏了。

我想揭示大自然的秘密，用来造福人类。我认为，在我们的短暂一生中，
最好的贡献莫过于此了。
——托马斯·爱迪生

在自然中得到智慧

我们都是自然和大地的孩子，我们应该时刻学习土地父母胸怀的宽厚。在春天里，感受温暖和生机；在夏天里，感受热烈和蓬勃；在秋天里，感受成功和奉献；在冬天里，感受冷静和从容。

远离了自然，也就靠近了困惑。

逃离了土地，也就囚禁了精神。

我们越来越不踏实，因为精神没有踏在土地上。踏在土地上，应该具有踏实感。土地的厚度，是我们人的力量的所难以抵达的。生命的根，就扎在那里面。那里面，可以找到生命的根。蓬蓬勃勃的庄稼或树木花草，是土地生长出来的精神和语言。它的精神和语言有时很生动，于是大地便生出蓬蓬勃勃的庄稼或树木花草；它的精神和语言有时很甜美，于是大地便生出飘香的瓜果；它的精神和语言有时很美丽，于是大地便开满灿烂的花朵；它的精神和语言有时很深刻，于是大地便生出五谷杂粮。拔节的声音，生长的声音，呼吸的声音，就是大地生命的歌声和心跳。听懂了它们，也就聆听到了大地生命的歌声和心跳。那些蓬蓬勃勃的庄稼或树木花草，这些五谷杂粮，是大地的歌声和寓言。

土地和自然是会微笑的，要不怎么会有盛开的花朵啊！向土地和自然学微笑，因为那是最美丽的一种表情。没有哪一朵花不是美丽的。

我们都是自然和大地的孩子，我们应该时刻学习土地父母胸怀的宽厚。

　　困惑，越来越严重地纠缠起我们来。在诸多的原因之中，脱离自然是很重要的原因。

　　我们没有时间仰望月亮，却有时间沉醉在灯红酒绿和狂热的酒吧中，于是，我们没有时间享受清静和美好，便用金钱买来狂躁和声嘶力竭。空虚在紧张中喧嚣，困惑在浮躁中弥漫。有月亮的晚上，月光会抚摸你的心灵，月光会抚慰你的精神。月亮是智慧和美丽的。

　　在春天里，感受温暖和生机；

　　在夏天里，感受热烈和蓬勃；

　　在秋天里，感受成功和奉献；

　　在冬天里，感受冷静和从容；

　　四季轮回，大自然的多姿多彩，比任何一个哲人都要深刻。

　　日月星光，比任何一个哲人的目光都要深邃。

　　自然是智慧的。

理想犹如天上的星星，我们犹如水手，虽不能到达天上，但是我们的航程可凭它指引。

——舒尔茨

意志和梦想

他每天刷洗成百上千的脏碗筷。也许，正是这些磨砺了他的意志，培养了他吃苦耐劳的品质。他心里产生了一个梦想，一定要成为演员。他就是刘德华。在一个人的成长中，意志和梦想很重要。梦想是人生腾飞的翅膀，意志是保持飞翔的能量。

刘德华，这位大名鼎鼎的当红艺人，在他的人生旅程中有着怎样的经历呢？

刘德华曾经这样介绍过自己的童年："我出生在离都市很远的一个农村，那个农村叫大埔。我的祖上世代务农，家道还算殷实。在五六岁以前，我一直徜徉于大埔的山间野地，追逐山上的小鸟儿，抓抓野地里的山鸡，这段童年时光过得无忧无虑。"后来刘德华的家搬迁到九龙的钻石山下经营餐饮业，当时的条件又相当简陋，店里根本不可能安装自来水，必须到水井边去提水然后拉回来，于是，这种卖力气的活计，自然而然地落到了刘德华这个小"男子汉"身上。刘德华曾经如此表述那段艰辛的日子："……我觉得从小开始，我已经很忙了，大概六七岁时，我就开始早上4点钟起来工作了。我们是卖稀饭、炒面的，就是人家早上起来上班之前吃的早点。店里没有水，我们得4点钟起来去拉水。需要很多水，一直工作到中午。然后去上学。我们家还有一个杂货店，放学回来后一直到10点钟才可以开始做我的功课，一个半小时做完，12点钟之前睡觉，睡4个小时。"他每天刷洗成百上千的脏碗筷。也许，正是这些磨砺了他的意志，培养了他吃苦耐劳的品质。

"每次到片场，就像进入了大观园，好奇加新奇，老想贪婪地流连此地，好好逛一逛。见到曹达华，他总是不分昼夜，不分寒暑地穿着他的探长雨衣，要不就背一把剑，一身古装的在跟石坚比试武功；冯宝宝更厉害，一天里面常常时装、古装、民初装地轮流拍摄，有时早上送外卖去见她穿古装，下午再去时已换了时装，我想没有人比她更清楚戏剧人生的涵义了。""穿起戏服的他们，是另一个世界里的人，然而脱下戏服的他们，又更像是另一个世界里的人。那时候我眼中的冯宝宝、石坚、曹达华，很多时候就是回家扭开电视机里的他们，没有戏剧和人生的界线。记得有一次，父亲叫我送一副麻将去片场给张瑛，送到片场，但见张先生一行四人坐在麻将台前高谈阔论，表情、对白都跟电视剧里的同出一辙，当时我胆怯，生怕附近摆有镜头，以为眼前的一幕是戏，而我，我是负责送道具来的小工。"这些，使得他心里产生了一个梦想，一定要成为演员。

在一个人的成长中，意志和梦想很重要。

梦想是人生腾飞的翅膀，意志是保持飞翔的能量。

我们活着不能与草木同腐，不能醉生梦死，枉度人生，要有所作为。

——方志敏

笑星的孝心

外面西北风呼呼地吹着，他披了一件大衣，怀揣着给爷爷带的东西，骑上一辆破败不堪的自行车匆匆地上了路。在这种恶劣的条件下，一路顶着七级西北风，困难可想而知，男孩那时心里只有一个信念，早点见到爷爷！终于见到爷爷了，他却累得一句话也说不出来。

孝心，是一种责任，也就成为一个人事业成功和学会做人的源泉。

一个十几岁的男孩，顶着七级西北风行走在路上。

男孩很爱自己的爷爷，有一次爷爷被抓，男孩放心不下爷爷，不知道爷爷在那儿有没有东西吃，爷爷年纪大了，还能不能撑得住……男孩越想心里越焦急。外面西北风呼呼地吹着，他披了一件大衣，怀揣着给爷爷带的东西，骑上一辆破败不堪的自行车匆匆地上了路。在这种恶劣的条件下，一路顶着七级西北风，困难可想而知，男孩那时心里只有一个信念，早点见到爷爷！终于见到爷爷了，他却累得一句话也说不出来。

一次，他偶然在母亲的一个本子上发现密密麻麻地借还债记录。原来，十几年来，妈妈一直靠借债过日子，已经欠了别人 180 多块钱了，那时的 180 块可是天文数字。看着这个本子，他的眼睛湿润了，"妈您放心吧，我一定给您还上。"此时 20 多岁的他对母亲说。从那时以后他更加节省，工作更加努力。想法很简单，就是想帮妈妈把债还了，让父母的生活过得好一点。功夫不负有心人，终于钱还清了，他却因为省吃俭用瘦了好几圈。当母亲 84 高龄时，他不管多忙也从来没疏忽对母亲的关爱和行孝。除了给予母亲富足的物质外，总会抽时间带上妻女，去同老人家团聚一

下，陪妈妈聊聊天。他心里不仅装着自己父母，也装着自己的恩师、装着曲艺界的老前辈。而无论曲艺界的老同志谁有困难，他都会尽力帮忙。

他就是著名的相声演员艺术家姜昆。身为笑星的他，从小就有着有着一颗孝心。

孟子说："谨庠序之教，申之以孝悌之义，颁白者不负戴于道路矣。"就是教育人们要懂得孝敬父母、敬重兄长的道理。我国历史上流传着许多孝敬父母的感人故事，这都是孝敬文化的体现。"谁言寸草心，报得三春晖，""滴水之恩，涌泉相报，"这些经典诗句集中反映了人们的感恩情怀。

感恩母亲，赐我以生命，感恩父亲，育我以成长，感恩兄长，携我年幼的手走过艰难困苦的童年。

也许正是孝敬之心，使得姜昆拥有责任心，从而靠奋斗取得了成功。

感谢生命里爱我们的人，他们给我们的关心爱护，他们给我们的帮助教诲，使得我们不断成长。

明星们的伟大，明星们的光辉，最大程度上是他们的人格的光辉。孝敬情怀，使得明星更令人敬仰。

孝敬的世界，是温暖的世界；孝敬的世界，是美丽的世界；孝敬的世界，是善良的世界；孝敬的世界，是爱的天堂。

学会孝敬，你便拥有美好；学会孝敬，你便拥有幸福；学会孝敬，你便拥有爱；学会孝敬，你便拥有情；因为孝敬，心灵纯美；因为孝敬，笑容灿烂；因为孝敬，生活甜蜜。他的相声给我们带来欢笑，他的孝心给我们做出榜样。

要想射中靶，必须瞄准比靶略为高些，因为脱弦之箭都受到地心引力的影响。

——朗费罗

清明坦然过一生

只有历经沧桑岁月，只有心怀坦荡的人才会拥有如此高风亮节，才会拥有如此使人敬仰的大家风范。

　　现代的人们很难静下心来，浮躁使得人们为名利所累。但也有一些"稀世古董"，看似与当今风习格格不入，却有着在心清气静中放射出的迷人光芒。北大教授季羡林先生淡泊名利，拥有高尚的学术品格，这位96岁的老人，他的一生经历了晚清、民国和人民共和国几个截然不同的大时代，历经沧桑、饱受忧患。他要求：请从我头顶上把"国学大师"的桂冠摘下来！请从我头顶上把"学界（术）泰斗"的桂冠摘下来！请从我头顶上把"国宝"的桂冠摘下来！他认为，三顶桂冠一摘，还了我一个自由自在身。身上的泡沫洗掉了，露出了真面目，皆大欢喜。

　　这与当前追慕虚名、浮躁功利的风气形成了鲜明的对照。

　　保持本真的自我，很难；还原本真的自我，更难。名利的诱惑，是大多数人无法拒绝的。

　　有人问他对目前的96岁高龄有什么想法，他说，我既不高兴，也不厌恶。这本来是无意中得来的东西，应该让它发挥作用。比如说，我一辈子舞文弄墨，现在为什么不能利用我这一支笔杆子来鼓吹升平，增强和谐呢？现在我们的国家是政通人和海晏河清。可以歌颂的东西真是太多太多了。歌颂这些美好的事物，96岁是不够的。因此，我希望活下去。岂止于

此，相期以茶。

孔夫子说，"年过七十从心所欲不逾距"，已迈入耄耋之年的季先生淡泊明志、宁静致远。是一个已入"澄明之境"的老人，他的道法自然，显示出一个知识分子独立、自省的品质。

做到这点很不容易，人到老年，戒之在得。名利这种东西，有多少人能经得住它的诱惑呢？况且把已经得到的再抛弃掉，更是难能可贵。

我们看到了一位清明坦然的老人。

只有历经沧桑岁月，只有心怀坦荡的人才会拥有如此高风亮节，才会拥有如此使人敬仰的大家风范。

想象不是空穴来风，不能脱离实际情况的一种方式。

——怀特海·A·N

好一朵美丽的茉莉花

她有一种气场，那种气场可以使人向上、乐观、智慧、宽广。外表精致优雅、举止得体大方、言谈诗情画意、声音轻缓悦耳、眼神充满善意。我想，她有着一颗柔软的心、感恩的心、欣赏的心、包容的心、快乐的心，所以她心灵的窗户里才闪烁着温暖美丽的光芒。

纯真、美丽，这是许戈辉，机敏、活泼，这是许戈辉。香港凤凰卫视"名人面对面""戈辉梦工场"两档栏目的"当家花旦"，被华语电视评为十大金奖主持人，她就是许戈辉。这个始终清纯、有着很高亲和力的主持人，像她的微笑那样绽放出迷人的色彩。

许戈辉，好一朵美丽的茉莉花。

命运似乎很照顾她，其实是因为她的出色。许戈辉16岁便以优异的成绩被保送至北京外国语学院学习。大学毕业后，她参加青年主持人大赛，获得冠军。29岁时，她受到凤凰卫视总裁刘长乐的邀请，欣然前往香港。许戈辉和助手两个人全权负责策划、采访、编辑新设立的卫视节目。她说："在香港做栏目，特别辛苦，什么事情都要亲力亲为，让人疲于奔命。节目当中我会精神饱满妆容整齐，可平时常常一大清早就黑着眼圈、蓬着头发，抓起桌上的饼干就与助手谈创意。"许戈辉为了做好栏目，甚至独自远赴英伦，雇摄影师、找灯光师、租设备和安排车辆，十几天都是用咸蛋蒸肉饼来打发自己。可见，她是勤奋的，真是她的勤奋和聪慧，才创造出她事业的辉煌。她从争强好胜到心胸豁达，有着一个发展过程。她说："小时候和男孩子一样，喜欢去打群架，运动神经特别敏感的我，网

球、高尔夫、乒乓球、羽毛球样样都要争第一。当年加盟中央台之前，我还去过国内最大的合资广告公司挑战自我，可是嫁了老公以后，觉得有包容心才能拥有更为广阔的世界。"

她同时又是善良的。许戈辉以"爱心大使"的身份代言"扶贫中国行"活动，并和丈夫出资十几万元，在驻马店市任店镇马鞍山下修建了一所"健辉"希望小学。在西亚贝都因人（阿拉伯游牧民族）部落，许戈辉夫妇和当地牧民同吃同劳动，长老们看到许戈辉在帐篷里麻利地烙饼子、打扫卫生，说道："这样的新娘子，至少要送 300 头骆驼做聘礼呢！"西藏旅行的一天，他们路过一户牧民家，受到热情接待。临走时，他们想留下罐头或者钱表示感谢。牧民却坚持不要，半天才问："你们有药吗？"说着，他拉过一个八九岁的男孩，说孩子的眼睛看不清东西，附近也没医院做手术。他们找出几瓶眼药水送给牧民，看到对方千恩万谢的样子，心情却很难过。

美丽的许戈辉，聪慧的许戈辉，善良的许戈辉。

她有一种气场，那种气场可以使人向上、乐观、智慧、宽广。

外表精致优雅、举止得体大方、言谈诗情画意、声音轻缓悦耳、眼神充满善意。我想，她有着一颗柔软的心、感恩的心、欣赏的心、包容的心、快乐的心，所以她心灵的窗户里才闪烁着温暖美丽的光芒。

许戈辉，好一朵美丽的茉莉花。美丽、芬芳、灿烂盛开。

想象能使人理智地观察一个新世界，想象可以通过暗示令人满意的目标来使人保持对生活的热情。

——怀特海·A·N

翱翔在梦想的天空中

如果心中有美好的前景，艰难便是暂时的，美好的前景就在眼前。梦想是我们人生的天空，勇敢是我们人生的翅膀。给自己一片广阔的天空，让自己自由翱翔。

一个小女孩，出身于书香门第，由于父亲学国学的原因，她4岁即开始读《论语》，她从小就学习到很多关于国学的东西。她还从3岁开始就跟姥姥练习毛笔字，很小就学唱昆曲。到了5岁半时，她已经把《红楼梦》看完了。她却是个独生女。她从小到大没有兄弟姐妹，没上过幼儿园，没有玩伴儿，自己跟着姥姥在一个封闭的大院子里长大。她的姥姥是个旗人，是上个世纪20年代的大学生，写有一手极漂亮的小楷字。在这样的成长环境里，她的内心是特别纤细、敏感而压抑的。于是她选择了写日记，这是一种很脆弱的生活方式，但是她需要有一个沟通的对象。日记从6岁一直写到今天，一天没断过，如今她已经有四五十个日记本了。她觉得这个成长过程给了她一个好处，就是使她处于一种不断的反省过程之中，使她一辈子都不会糊涂，知道自己什么时候需要什么。日记让她给自己建立了一个真实而坦荡的坐标，使她每天都要面对自己的内心，要看看自己的状态、心态，看看得与失、喜与忧，留给自己一段真实。

她从小就向往在沙漠旅行，茫茫戈壁成了她梦想中的天堂。大三的那个暑假，女孩与同班的两个男孩一起踏上西去敦煌的列车。一天黄昏，女孩趁男孩们出去买东西，借来一支手电筒，怀揣一把尖刀，头裹一块围

巾，毅然向沙漠走去。她边走边唱，欢快至极。夜幕降临，四周漆黑一片，天寒如冰，女孩衣裳不足以御寒，牙齿不住地发颤。她用尖刀从四周挖来一堆锋利且坚硬的蕨类植物，用围巾引火，燃起一小堆火取暖，浑然不觉恐怖。两个男同学循光找到女孩，见她一副悠然自得的样子，异常恼怒。一个说："你不怕渴死？"一个说："你不怕冻死？"一个又说："你不怕沙漠豺狼？"一个又说："你不怕沙漠平移？"女孩无畏地说："我不怕，我有手电。"手电能抵御什么危险？两个人都有些糊涂，但两个男孩被她幼稚的想法逗乐了。毕业后，女孩走进陌生的单位大门，事事不顺，情绪低落，意志消沉得像换了一个人。不久，她收到两封挂号信，拆开一看，一封寄自海南，整张白纸上只有一句话："我不怕，我有手电。"另一封寄自纽约，只有一幅画：漆黑的夜空，一束手电光刺向高远。蓦地，女孩发觉多年前的那道手电光照亮了她的心空，她忽然明白手电是干什么用的了。这个手电就是她的信念。长大之后的她懂得了这个社会有很多潜规则，有了无奈和无助。这时的她才发现，她其实是输给了自己的成长，她的内心胆怯了。她从此拾起了梦想，相信梦想就是创造奇迹的前提，她开始振作起来，勇敢地蹚过岁月的险滩，振奋前行。多少年后，女孩博士毕业，成功地策划了《中国娱乐报道》等深受观众喜爱的电视节目，成了国内知名的电视策划人。

这个女孩就是于丹。于丹这样总结自己的成长：人在年轻时不一定要积累经验，积累很多向现实妥协的例子。人要积累的，可能就是勇敢、荒唐和梦想。

谋事在人，成事在天。而这个天不仅仅是超我的天，也是自我的天。

永远以一种积极进取、乐观向上的人生姿态面对生活，你的人生变充满阳光，你便会拥有温暖、光明、信心和力量；积极向上，是一种人生智慧；积极向上，可以积蓄人生的能量；积极向上，是创造人生。反之，消极、低沉是消耗人生。

积极向上，是推动我们前进的动力，是指导我们成功的旗帜。

如果心中充满欢乐，在困境中也可以保持乐观、积极向上。

如果不失去信心，一切困苦都会过去。

如果心中有美好的前景，艰难便是暂时的，美好的前景就在眼前。

　　梦想是我们人生的天空，勇敢是我们人生的翅膀。给自己一片广阔的天空，让自己自由翱翔。

　　没有梦想，人生便会失却天空；没有勇敢，人生便会折断翅膀。

　　用我们的勇敢的翅膀，翱翔在我们梦想的天空。

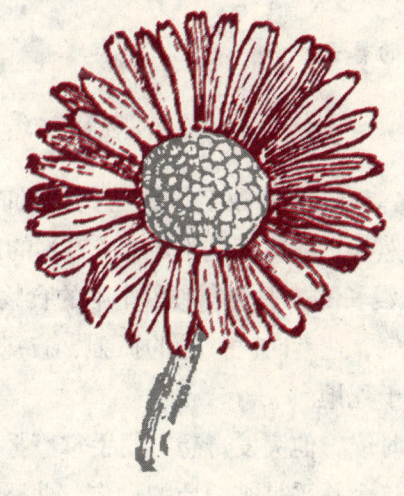

＞＞＞

　　不登高山，不知天之大也；不临深谷，不知地之厚也。

——荀况

寒冬里，给自己一个春天

这不是苔藓，这是他的生命伙伴。他每天都坐在苔藓旁边，默默地向它诉说心里的哀怨忧伤。绿色，使他心中拥有了希望。绿色，使他有了信念。这不是苔藓，这是他的希望，这是他的信念，这是他的春天。

4平方米，27年，当这两个数字呈现在我们眼前时，那是多么恐怖、多么难以忍受的啊！然而，他就在这不足4平方米的单人牢房里坐了27年牢，27年，那是多么漫长的岁月啊！难以下咽的食物，冰冷的水泥地，暗淡的时光，窒息的空气，还有时时伴随的孤独、寂寞、绝望，足以摧毁人的意志，足以把人置于死地。

但是，在放风的时候，他突发奇想，用手掌摩擦岩石，将摩擦下来的灰尘偷偷带进牢房。这个几乎是神经质的动作，他坚持了三个月，三个月里他积攒了巴掌大的一点泥土。然后又省下少得可怜的饮用水浇在土上。一个月后，这个几乎看不到天空的地方，天啊！生命出现了：土上长出了苔藓。

这不是苔藓，这是他的生命伙伴。他每天都坐在苔藓旁边，默默地向它诉说心里的哀怨忧伤。绿色，使他心中拥有了希望。绿色，使他有了信念。这不是苔藓，这是他的希望，这是他的信念，这是他的春天。

他真的无愧是"世界上拥有最强大心灵的人"。他就是南非前总统曼德拉。

最大的敌人，不是别人，是自己。人往往不是被别人打倒的，而是被

自己打倒的。

　　信念，希望，来自内心。如果内心冷却了，即使在春天里，阳光也是僵硬的。如果内心拥有信念，即使在寒冬里，心中的阳光也会温暖全身。

海纳百川，有容乃大。壁立千仞，无欲则刚。

——林则徐

用我的声音为你取暖

当救援人员赶到后，看到的是一个男人几乎僵硬的身体，耳朵贴在手机上。救援人员拿起手机，听到里面一个女人在不停地说话。男人失去了手脚。医生说，在那种环境下能保住生命简直是个奇迹。

由于生活所迫，他们去了遥远的新疆。

妻子在一个小城里做保姆，丈夫没有在城市里找到工作，后来在一个很远的牧区找到一个给人家放牧的工作。

他们每个礼拜通一次电话，他们不能天天通话，他们承受不起太多的电话费。每次通话也就是一两分钟。丈夫用的手机是妻子做保姆的那家主人淘汰不用的手机，为此夫妻俩对主人感激不尽。每次都是妻子到一家电话超市给丈夫打电话，那样省钱。

新疆的冬天格外长，雪格外多，天格外冷。一次，雪特别大，下了好几天，把丈夫住的破旧的房顶压塌了。丈夫听到房顶的晃动声赶紧跑出来，所幸没有被砸在里面。由于是晚上，再加上道路被大雪封住，丈夫只能暂时等天亮后驻军救援。雪还在下着，丈夫冻得瑟瑟发抖。

此时，丈夫的手机响了。

妻子打来的。

听到丈夫声音哆嗦，妻子问你冷吗？怎么不生火？

丈夫说房屋塌了，现在这里下着雪，风雪很大。

妻子马上明白了发生了什么事，妻子吓坏了，她知道丈夫那个地方冬天很冷，在风雪中用不了多久就会把人冻坏的，甚至会冻死。

妻子哭了。

在妻子周围有人听到他们的谈话，告诉妻子说，不要哭！现在有两件事很重要，一是赶紧报警通知附近驻军救援，二是不断地给他鼓励。

丈夫住的地方离部队很远，再加上路上雪很大，汽车根本无法通行，这要很长时间才能得到救助。

妻子接下来就是不断地在电话里和丈夫说话。丈夫由于又饿又冷，几乎说不出话来。

妻子说："你别说，光听我说就行。"

丈夫断断续续地说："别打了，话费太贵了，怕要赶上你一个月的工钱了。"

妻子又心疼又生气地说："都什么时候了，还说这个。"

一个小时过了，两个小时过去了，三个小时过去了……丈夫感到手脚已经冻得麻木了，他想这回真的完了，冻不死也得冻成残废。他想自己要是真的残废了，那还不如冻死哪！他闭上眼睛，准备让风雪结束自己的生命。

四周只有风雪，风呼呼地吼叫着，似乎要把他的灵魂叫走。

突然，妻子喊出他的名字说我爱你。

妻子的声音唤醒了他。这些年，妻子总是称呼他"哎"，更不会说出爱啊什么的。丈夫突然听到妻子喊出他的名字并说爱他，感到心中一股暖流涌遍全身。我不能这样死去，我不能留下爱我的老婆自己一个人走，那样会给爱我的人无尽的痛苦的。

此时，妻子的声音温暖着他。在这冰天雪地里，妻子用她的声音为丈夫取暖。

"坚持住！坚持住！会有人来救你的！"

"我等你！"

"我们还没有孩子哪，我们还要生一个孩子哪！如果是男孩，我们把他培养成大学生。如果生个女孩，我们让她跟新疆女孩学跳舞，新疆女孩跳的舞真好看。"

"听见了吗？"

"……"

当救援人员赶到后，看到的是一个男人几乎僵硬的身体，耳朵贴在手机上。救援人员拿起手机，听到里面一个女人在不停地说话。

男人失去了手脚。医生说，在那种环境下能保住生命简直是个奇迹。

世界上最快乐的事，莫过于为理想而奋斗。

——苏格拉底

天堂里是否也有二胡声

虽说教授把妻子照顾得很干净，但他妻子长期卧病在床，房间里还是有一种难闻的味道。正是在这样的房间里，教授犹如坐在音乐大厅，认真而动情地拉着二胡。一曲，又一曲。许多年了，每当我们回忆起这种情景，都泪流满面。

教授的妻子是农村人。

很多年都是教授在城市里教书，妻子在乡下种地。教授只有在放假和农忙时才回乡下和妻子相聚并帮妻子干农活。两个女儿跟着教授上学，那时教授还是个讲师，工资不高，妻子很能干，一家人的开销妻子负担得并不比教授少。教授虽说是教理工科，但却是个文艺人才，各种乐器都很精通，而且唱歌唱得也很有味道。教授长得相当潇洒：高高的个子，俊朗的面孔，优雅的谈吐，高贵的气质，在学院可是首屈一指的。

很多女大学生都把教授当作她们心中的偶像，甚至暗恋着教授。就连我们男生也很崇拜教授，模仿着教授的一言一行。但是，教授的口碑很好，从来没有这样那样的绯闻。

后来教授评上了教授，便有条件把妻子接到城市里生活了。

可是，这样的好日子没过多久，灾难降临了。

教授的妻子患上了脑萎缩症，瘫痪在床，并且身体也不断萎缩。教授除了繁重的工作还要照顾妻子。为了给妻子治病，教授四处奔走，但收效不大。在很多医院治疗，都没有治好。最后只有回到家里，服用药物治疗。治病需要很多钱，教授不得已在外做起兼职，这是有违教授一贯清高

做派的。但为了妻子，教授改变了很多。

教授的妻子大小便失禁，教授是个极其爱干净的人，但他没有嫌弃妻子，并且为妻子拾掇得干干净净的。

在我们这些学生眼里，教授像是个不食烟火的人，我们甚至认为他从不做饭不做家务，但正是这样的一个人现在却担起了家庭的重担。妻子萎缩得越来越小，不能说话，教授经常坐在床边，为妻子拉二胡。那如泣如诉的二胡声让人心碎，也让人无比感动。那是一种怎样的情景啊！一间不大的卧室，床上躺着被病痛折磨得不像样子的教授的妻子，面目变形，身体萎缩，不能说话，甚至没有思想。虽说教授把妻子照顾得很干净，但他妻子长期卧病在床，房间里还是有一种难闻的味道。正是在这样的房间里，教授犹如坐在音乐大厅，认真而动情地拉着二胡。

一曲，又一曲。

许多年了，每当我们回忆起这种情景，都泪流满面。

最终，教授的爱和二胡声没有留住妻子。我想，那爱和如泣如诉的二胡声陪伴着妻子走完生命的最后旅程，她是幸福的。在天堂里，她是否还可以听到教授献给她的二胡独奏？

>>>

人类的心灵需要理想甚于需要物质。

——雨果

古城天使

一个废弃的古城，一堵破旧的土墙，一位脏兮兮的老人，这里将发生一个什么故事呢？

新疆有一个废弃的古城叫乌拉泊，破旧的土墙显示着古城的痕迹与沧桑。

一次，我来到古城，这里人烟稀少，寂静得有点吓人。我沿着墙根儿随意行走，忽然发现在废墟上坐着一位老人。老人的头发很乱，并且脏兮兮的，但老人的眼睛却异常明亮。他的眼睛里闪烁着一种善良、智慧的光芒。老人的脸上布满灰尘，也许是他待在这里太久的原因，风沙在他脸上不断堆积。乌拉泊满是风，风吹着尘土，这样的环境，老人坐在这里干什么？我想绕过老人，毕竟在一个陌生的地方，一个陌生的人，而且像是一个行为古怪的人，和他没有什么可交谈的。我绕过他向前继续行走，这时我听到他一阵剧烈的咳嗽声。我转过身来，关切地问他："您没事吧？"

他继续咳嗽。我想应该帮助帮助他，至少应该关心地问一问他，便走近他，拿出随身带来的一瓶矿泉水，让他喝，以压一压他剧烈的咳嗽。

"你一个人待在这里干什么？这里风又大，你又这么大年纪了，赶快回家吧！"我说。

他停止了咳嗽，说："我家里没人了。"

我愣了一下，这么一位老人，一个人孤孤单单的，还神经质地跑到这

个荒无人烟的地方来，我既担心又害怕。

但我还是坐下来，和他聊起天来。

一会儿，老人站起身来，他的身板是那么的硬朗，他爽朗地笑道："年轻人，你现在想回去吗？我可以用马车送你回去。"

我愣了，他指了指不远处的一辆马车说："那是我的马车。来这儿游玩的人都是徒步走来的，再徒步走回去，走这么远的路身体再好也吃不消，所以我经常来这里送游人回去。"

我笑着说："您是大漠的'的哥'呀！"

他说："是的，不过我不收费。"

我问："为什么？"

他说："你是第一个关注我这个脏兮兮的老头子的人，而且是在不知道我的身份的情况下主动和我说话的。很多人见了我都躲着我，但我还是把他们送回去。对你我更乐意送了。"

这么荒芜的地方，有一个天使。

这个天使就是这位老人。

在理想的最美好世界中，一切都是为最美好的目的而设。

——伏尔泰

温暖自己一生的是爱

一次战斗结束后，他发现衣袋上被子弹穿了一个洞，而自己并没有受伤。原来，是那片老人给他的铁片为他挡住了子弹。这片铁片，救了他一命。

　　一位士兵在执行任务时遇到了一位在路旁晕倒的老人。

　　老人是因为饥饿晕倒在路旁的。士兵扶起老人，将自己仅有的一点水和干粮给了老人。老人千恩万谢，从怀里掏出一块圆形的铁片，铁片上刻有一些祝福的文字图画，老人是一位铁匠，这是他自己打制的。士兵说："我不能要。"但老人说："好人，你带着它会逢凶化吉的，它会保佑你一生平安的。"

　　士兵只好把那个铁片装在衣服的口袋里，他想，带着它吧，这是老人的心意，如果扔掉它，岂不辜负了老人的一片心意？

　　那片铁片便时刻带在他的身上。

　　一次战斗结束后，他发现衣袋上被子弹穿了一个洞，而自己并没有受伤。原来，是那片老人给他的铁片为他挡住了子弹。这片铁片，救了他一命。

　　这是一片使人化险为夷的铁片，这是一片保佑平安的铁片。

　　爱，会给人带来好运；爱，会给人带来平安；爱，会给人带来幸福；爱，会给人带来祝福。

　　爱，是一个人一生的保护神；

爱，是人生路上的一轮太阳，放射着温暖的光，它带来的是吉祥，驱走的是晦气；

爱，温暖他人；

爱，也温暖自己一生。

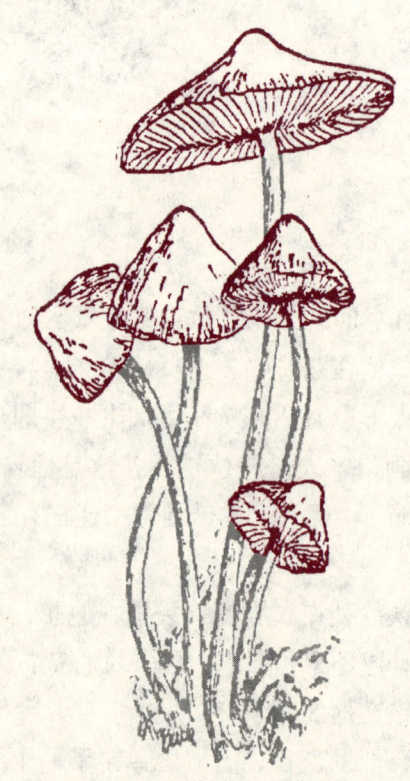

一个人的理想越崇高，生活越纯洁。

——伏尼契

一座留存孔子体温的小城

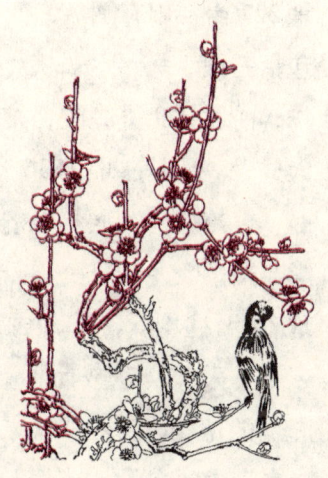

我仿佛走进历史的隧道，触摸到圣贤的体温，亲临圣贤的教诲。有多远走多远。曲阜，是离心灵最近的地方。这里的风景最为深沉；这里的风景最有厚实感；这里的风景最有思想；这里的风景亘古永恒。

　　4月5日，我和中华书局的朋友以及"论语心得"征文获奖的朋友，相聚在曲阜。

　　当接到征文组委会高原女士的邀请电话时，我很高兴。虽然说对于曲阜我并不陌生，并且我在曲阜师大上过学，但曲阜仍然有一种魔力吸引着我。曲阜，我魂牵梦绕的地方。

　　我们首先从住宿的阙里宾社出发，阙里宾社的建筑古色古香，与邻近的孔府孔庙和谐相映。"有朋自远方来，不亦乐乎"。其实我不愿作为一个客人来这个小城，我更愿意作为一个学生来到这个小城。只是，我们没有资格和运气做这位圣人的学生了。想一想，孔子的弟子多么幸运和幸福啊！曲阜，是个好客的城市，是个热情温暖的城市。这个城市，至今留存着孔子的体温。一进入曲阜，就感受到了它的古色古香。现代化的步伐并没有完全掩盖住它远古的背影，或者说，圣贤的魅力是一种伟大的力量，什么也不能使它淡漠，什么也不可将它代替。

　　观看明城开城仪式的游客很多，明城开城仪式使得我们仿佛看到远古恢宏的场景。

我们怀揣着崇敬之情走进孔庙，孔庙是我国的三大宫殿建筑之一，其规模仅次于故宫的古建筑群。孔庙南北长1公里多，东西约有200米，占地327亩，周有围墙，四角之上还建有角楼。庙内共有厅堂殿庑400多间，包括三殿、一阁、一坛、三祠、两庑、两堂、两斋、十七亭、五十四门坊，前后共9进庭院，布局严谨，气势甚为雄伟壮丽。孔庙的主体建筑为大成殿。殿基占地1836平方米，金碧辉煌，是我国现存巨大的古建筑之一，可与故宫的太和殿媲美。最引人注目的是正面的十根石柱，每根柱上雕刻两条巨龙，飞腾于云彩之中，两龙之间有一宝珠，故名之曰"二龙戏珠"。石柱均以整石刻成，气势磅礴。殿内有巨大的孔子塑像，像高3.3米，神采奕奕，威而不猛。孔子像两侧是颜回、曾参、孔伋、孟轲"四配"的塑像，身高2.6米。另有"十二哲"塑像，身高2米。大成殿前有一个亭子，名为"杏坛"，是孔子晚年讲学的地方。孔庙内的圣迹殿、十三碑亭及大成殿东西两庑，陈列着大量的碑碣石刻，特别是这里保存的汉碑，在全国数量最多。历代碑刻也不乏珍品，被人们视为书法、绘画、雕刻艺术的宝库。最为珍贵的是22块汉魏六朝石刻。其碑刻之多仅次于西安碑林，所以它有我国第二碑林之称。

这里的各亭石碑多以似龟非龟的动物为趺，名曰赑屃，据说是龙的儿子。传说龙生9子，各有所能，赑屃擅长负重，故用以驮碑。碑亭中最早的是两幢唐碑，一幢是立于唐高宗总章元年（668）的"大唐赠泰师鲁先圣孔宣尼碑"，一幢是立于唐玄宗开元七年（719）的"鲁孔夫子庙碑"，皆位于南排东起第六座金代碑亭中。最大的一幢石碑是清康熙二十五年（1686）所立，位于北排东起第三座碑亭内。这块碑约重35吨，加上碑下的赑屃，水盘，约重65吨。我们看到这些碑，感到它们承载着历史的风雨，承载着文化的厚重。

我们不是以游览观光的心情游览"三孔"的，我们以敬仰的心，以崇拜的心，走在这铺着历史的青石板或青砖路上。相传杏坛是孔子讲学的地方。杏坛十字结脊，四面悬山，黄瓦朱栏，雕梁画栋，彩绘精美华丽。坛前置有精雕的石刻香炉，坛侧有几株杏树，每当初春，红花摇曳。乾隆皇帝曾为之赋诗："重来又值灿开时，几树东风簇绛枝，岂是人间凡卉比，文明终古共春熙。"从杏坛北望，在双层石栏的台基上一座金黄色的大殿突兀凌空，双重飞檐中海蓝色的竖匾上木刻贴金的群龙紧紧团护着 3 个金色大字"大成殿"。字径 1 米，是清雍正皇帝的手书。大成殿是孔庙的主殿，高 24.8 米，阔 45.78 米，深 24.89 米，重檐九脊，黄瓦飞甍，周绕回廊，和故宫太和殿、岱庙宋天贶殿并称为东方三大殿。大殿结构简洁整齐，重檐飞翘，斗栱交错，雕梁画栋，金碧辉煌，藻井枋檩饰以云龙图案，金箔贴裹，祥云缭绕，群龙竞飞。四周廊下环立 28 根雕龙石柱，均以整石刻成。两山及后檐的 18 根八棱浅雕石柱，以云龙为饰，每面浅刻 9 条团龙，每柱 72 条，石柱上雕刻的龙的总数共 1296 条。前檐的 10 根为深浮雕，每柱两龙对翔，盘绕升腾，中刻宝珠，四绕云焰，柱脚缀以山石，衬以波涛。10 根龙柱两两相对，各具变化。无一雷同，造型优美生动，雕刻玲珑剔透，刀法刚劲有力，龙姿栩栩如生。这是曲阜独有的石刻艺术瑰宝，据说清乾隆皇帝来曲阜祭祀孔子时，石柱均用红绫包裹，不敢被皇帝看到，恐怕皇帝会因石刻工艺超过皇宫而怪罪。大成殿内正中供奉孔子塑像，坐高 3.35 米，头戴十二旒冠冕，身穿十二章王服，手捧镇圭，一如古代天子礼制。两侧为四配，东位西向的是复圣颜回和述圣孔伋，西位东向的是宗圣曾参和亚圣孟轲。再外为十二哲，东位西向的是闵损、冉雍、端木赐、仲由、卜商、有若，西位东向的是冉耕、宰予、冉求、言偃、颛孙师、朱熹。四配塑像坐高 2.6 米，十二哲塑像坐高 2 米，均头戴九旒冠，身穿九章宫服，手执躬圭，一如古代上公礼制。塑像都置于木制贴金神龛内，孔子像单龛，施十三踩斗栱，龛前两柱各雕一条祥龙，绕柱盘旋，姿态生动，雕刻玲珑，异常精美。四配十二哲两位一龛，各施九踩斗栱。龛前都有供桌、香案、摆满祭祀时使用的笾、豆、爵等礼器。殿内还陈列着祭祀孔子时用的钟和韶乐的乐器和舞具。

圣迹殿是以保存记载孔子一生事迹的石刻连环画——圣迹图而得名的大殿。圣迹图每幅约宽 38 厘米，长 60 厘米，其所表现的圣迹从颜母祷于尼山生孔子，到孔子死后子弟庐墓为止，并附有汉高祖刘邦、宋真宗赵恒

以太牢祀孔子二幅。其中有人们熟知的"宋人伐木""苛政猛于虎"等孔子一生的主要活动和言论，是我国第一本有完整人物故事的连环画。圣迹殿内，迎面是清康熙皇帝手书"万世师表"石刻。

接着我们走进孔府，孔府又名衍圣公府，是历代衍圣公的官署和孔子后裔直系子孙的住宅。府内共有楼、房、厅、堂四百六十多间，占地240亩。孔府是我国一座名副其实的宝库，府内收藏着大批珍贵的历史文物，其中最著名的为"商周十器"，亦叫"十供"，原为清宫所收藏青铜礼器，是清高宗于1771年赏赐给孔府的。"鎏金千佛曲阜塔"亦为孔府所藏珍品，此塔为唐代所制。其他还有明清几代数以千计的衣、冠、袍、履及名人字画、雕刻等，其中元代的"七梁冠"为国内仅有。

我仿佛走进历史的隧道，触摸到圣贤的体温，亲临圣贤的教诲。

有多远走多远。曲阜，是离心灵最近的地方。这里的风景最为深沉；这里的风景最有厚实感；这里的风景最有思想；这里的风景亘古永恒。

孔子，这位伟大的思想家、教育家，像一道圣光，亮了千年万年。沿着他的手势，我们寻找礼仪的体温。那颗古老的心脏，该迸发多么滚烫的血液。你的目光，汇成历史的支流。一个响亮的名字，埋在很久很深的历史里。一个崇高的身躯，站在很长很远的历史中。山不在高，有仙则名。水不在深，有龙则灵。因为有了孔子，曲阜，这座小城，理所当然地算是圣城了。

走进孔林，给人一种幽深的感觉。这里的古树是那么多，像一位位历史老人站在那里，我对这些古树产生无比的敬仰之情。

孔林是我国规模最大、持续年代最长、保存最完整的一处氏族墓葬群和人工园林。林墙全部用灰砖砌成，高三四米，长达7.3公里，占地3000亩。这里古木参天，像走进远古时代。林中墓冢累累，碑碣林立，石蚁成群，除孔子、孔鲤、孔伋这祖孙三代墓葬和建筑外，还有孔令贻、孔毓垢、孔闻韶、孔尚任墓等。这里的墓碑除去一批著名的汉代石碑被移入孔庙之外，尚存有李东阳、严嵩、翁方纲、何绍基、康有为等历代大书法家的亲笔题碑，故而孔林又有碑林的美名，堪称书法艺术的宝库。孔林中神道长达 1000 米，苍桧翠柏，夹道侍立，龙干虬枝，多为宋、元时代所植。林道尽头为"至圣林"木构牌坊，这是孔林的大门。由此往北是二林门，为一座城堡式的建筑，亦称"观楼"。四周筑墙，墙高 4 米，周长达 7000 余米。墙内有一河，即著名的圣水——洙水河。洙水桥北不远处为享殿。是祭孔时摆香坛的地方。殿前有翁仲、望柱、文豹和角端等石兽。享殿之后，正中大墓为孔子坟地，墓前有明人黄养正巨碑篆刻"大成至圣文宣王墓"。东边为其子"泗水侯"孔鲤墓；前为其孙"沂国述圣公"孔子思墓。据传此种特殊墓穴布局称之为"携子抱孙"。孔子墓前东侧有三亭，是宋真宗、清圣祖和清高宗来此祭孔时停留之处，叫作"驻跸亭"。墓南二百米处的亭殿后，有子贡亲手栽植的楷树遗迹和"子贡庐墓处"。孔林中除孔子墓外，气派较大、墓饰规格也高的，要数第七十二代孙孔宪培妻子的墓——于氏坊。这位于氏夫人本是乾隆皇帝的女儿，因当时满汉不通婚，皇帝便将女儿过继给一品大臣于敏中，又以子女名义下嫁给衍圣公，故称于氏坊。

漫步曲阜小城，有一种散淡的感觉。这是在很多城市里找不到的感觉。

我不知道，我们这样是否会打扰孔子他老人家。

来到曲阜，可以近距离地对圣贤表示景仰；可以近距离地感受到遥远的光芒；可以近距离地感受到远古圣贤的力量。我们应该学会提取锻造这种力量。我们今天缺少了一种力量，其中最主要的原因就是我们缺少了一种信念。道德的迷失，精神的涣散，使得我们迷茫痛苦。孔夫子能够教给我们的快乐秘诀，就是如何去找到你内心的安宁。人人都希望过上幸福快乐的生活，而幸福快乐只是一种感觉，与贫富无关，同内心相连。

孔子讲学的塑像，让人仿佛看到几千年前的情景。孔夫子教育学生时很少疾言厉色，他通常是用和缓的，因循诱导的，跟人商榷的口气。这是孔夫子教学的态度，也是儒家的一种态度。

下午 4 点，"论语心得"征文大赛获奖代表座谈会在曲阜阙里宾社二楼会议室召开。于丹老师和中华书社以及曲阜市委的领导与我们获奖代表

进行了座谈。

晚上，在杏坛剧场举行了颁奖典礼，然后就是孔子学堂的启动仪式，于丹老师作了首场讲演。最后是大型广场乐舞《杏坛圣梦》，盛大的音乐歌舞场面恢宏，磅礴大气震撼胸怀。

曲阜，一座历史文化名城，一座礼仪仁爱的东方圣城。

来曲阜吧！给心灵一次滋养。

>>>

由智慧所养成的习惯能成为第二本性。

——培根

把幸福赎回

忙忙碌碌的我们，甚至拼死拼活的我们，在无休止地用我们的健康和幸福兑换一些只是过眼烟云的东西，总以为这些东西可以带来幸福，然而当我们得到这些东西时，却突然发现，我们离健康和幸福越来越远了。

"我们正处在一个把健康变卖给时间和压力的时代。而且，这种变卖没有任何契约，以一种自愿的方式把我们的健康甚至幸福抵押了出去。"当我读到英国健康专家格勒斯的这句话时，我的内心被深深触动了。是啊！我们都做了些什么啊？

忙忙碌碌的我们，甚至拼死拼活的我们，在无休止地用我们的健康和幸福兑换一些只是过眼烟云的东西，总以为这些东西可以带来幸福，然而当我们得到这些东西时，却突然发现，我们离健康和幸福越来越远了。

工作和生活的压力、自然和人文环境的恶化、内心世界的烦躁，造成我们情绪的恶化。这些，无不在变卖、夺走我们的健康和幸福。有这样一个实验：将玻璃管插在正好是零度的冰水混合容器里，然后收集人们在不同情绪状态下的"水汽"，描绘出人不同情绪下的心理地图。结果显示，当人们在心情好的状态时，呼出的是澄清无色无味不含杂质的水汽，而生气时呼出的水汽则有紫色沉淀物，有异味，有毒素。而紫色沉淀物，随着情绪的波动而增减。愤怒情绪越猛烈，分泌的有毒气体越深越浓。把一定量的这种水气注射到大白鼠身上，几分钟之内，大白鼠就被活活毒死了。愤怒造成情绪紧张而致病的约占71%，而80%～90%的工伤事故与生活的

压力和情绪有关。世界各国关于寿命的记录更真实地反映了情绪的惊人之处：世界上所有长寿的人，几乎都是性格温和的人。寿命长短，与一个人的愤怒情绪成反比，愤怒情绪越多越明显的人，寿命越短；愤怒情绪越弱的人，寿命越长。我国古代典籍《黄帝内经》中也有"百病生于气"的说法。但是，我们想不开，想不明白我们被幸福以外的元素左右着、驾驭着，漫无边际地狂奔着。

什么时候我们懂得追求真正的幸福，那时，我们的人生天空才是阳光灿烂的。

阳光照进心底，温暖洋溢全身。

精神像乳汁一样是可以养育的，智慧便是一只乳房。

——雨果

用心灵支撑和滋养生命

我们无法想象面前这样一位优雅美丽的女人经历过那么多的磨难和痛苦。于彩兰所流露出气质征服了在场的招聘的老板，受到了普遍欢迎。

　　这是一个四十八岁的女性，她迈着自信的脚步，走进了天津卫视的一个现场招聘节目：《非你莫属》。按理说，这个年龄找工作一般很难，往往会被招聘单位直接 Pass 掉，但是，接下来发生的事情令人惊讶。

　　这位四十八的女性长相美丽，显得特别年轻。她叫于彩兰，给人以恬静的感觉，就像三十岁的一样。主持人张绍刚很诧异，现场的几个年轻的、漂亮的女老板都羡慕不已。

　　她一个人抚养两个女儿，生活很艰苦，她四处打工，居无定所。她几乎什么都干过，摆过地摊，收过电费，推销挂历、经营电话亭等等。为了给两个孩子支付读书的学费，无奈把房子卖掉了。在节目现场，她叙述自己的经历是那样平静。现在，两个孩子都考上了很好的大学。此时，张绍刚说："现在你的孩子都上了大学了，那你就没事了，怎么还出来找工作啊？"她安静地说："我住哪儿啊，绍刚老师？"张绍刚此时才想起来她说过把房子卖了。

　　在讲述她的艰难经历时，她是那样从容，语言平淡。我们无法想象面前这样一位优雅美丽的女人经历过那么多的磨难和痛苦。漂亮的女老板尹峰问她："你经历过这么多磨难，但现在看起来还是那样青春年轻好看，这是为什么？"她平静地说："我心态很好，其实我也痛苦过、难受过，但我很快会调整过来。

为了不影响孩子的情绪，我在孩子面前尽量不流露出痛苦来。我真得很难很难，但我有一颗坚强的心，使我坚持下来"。她说，她有一颗平常的心。

没有属于自己的房子，便住在内心建造的坚强里；便住在对生命的热爱里；便住在责任和担当里；便住在美好的希望里。

没有固定的工作，没有稳定的收入，但她有固定的美丽，有稳定的心，有善于与人沟通的为人处世的能力。

有人问她："面对刁钻的客户的刁难时，你怎么办？"她说："我以前曾做过收取水电费的工作，有些客户不但不交水电费，说话还很难听。"人们问："那你怎么办？"她轻松地说："客户第一次把我骂出来，我还会第二次去，她总不会每次都骂我吧？"

于彩兰所流露出气质征服了在场的招聘的老板，受到了普遍欢迎。她的坚韧、坚持、坚定、坚毅、坚守，她在面对困难时乐观的人生态度，闪烁出迷人的光彩。最终，她求职成功。

人类的智慧就是快乐的源泉。

——薄迦丘

你在意或者不在意，它就长在那里

他美妙的歌声，回荡在人们的耳畔，震撼了观众。
人，往往在意得太多。没有了鼓励，你是否坚持？
没有了欣赏，你是否昂扬？

这是一片废弃的场地，地上长满了杂草。

有一株月季开出鲜艳的花朵，在杂草中格外显眼。其实，这株月季已经在这里生长了两年了，它在杂草中悄无声息地生长着，和杂草一样，没人注意它，甚至它要比杂草还要寂寞，因为它孤独。杂草还有伙伴们陪伴，但它只有它自己。

但它还是生长着，你在意或者不在意，它生动地长在那里。

没人在意它，没人在意它的生长或枯萎。它没有选择枯萎，它选择了生长，不停地生长。生长，是自己的事情，自己的生长，不是为了博得别人的在意。

陪伴着它生长的是风雨阳光。陪伴着它生长的是寒来暑往。

但它生长着，并开出了自己美丽的花。

也许，这时有人开始注意到它了。也许，这时仍然没有人会注意它。

但它依然生长着，依然开着自己美丽的花，不管别人是在意还是不在意。

其实，很多时候我们人类应该向植物学习。它们有着优秀的品质，你在意还是不在意，它们生长着。你在意还是不在意，它们开着花、结着果。

他从小就喜欢唱歌。家境贫寒的他，没有放弃自己的爱好，唱歌不误农

活。所以，他在田间地头放声歌唱，他在田间地头快乐地生活、劳作着，以唱歌为乐。面对麦子地，面对老母鸡，他亮开了歌喉。庄稼在他的歌声中生长，家禽很听话地听着他的歌声。那么多年，没人关注他的歌声，甚至招来一些非议。但他还是唱着，不管别人是在意还是不在意。几十年后，在一次选拔赛上，他的一首《滚滚长江东逝水》，简直就是杨洪基的原声再现，让人真假难辨。那声音纯净、辽阔、厚重。他美妙的歌声，回荡在人们的耳畔，震撼了观众。

他就是朱之文，一个山东农民。他说，他自己从未想过当明星，只想做个普普通通的农民，当个平常百姓，和家人一起快快乐乐地生活。有人问他以后想不想到城市生活，他说在农村喂个鸡啊，养个羊，种点儿地，很乐呵啊！

人很多时候，做事总想证明给别人看。事实上，大家都在忙自己的事情，别指望人们向你投来关注的目光。做自己的事，让别人去忙别人的吧！

人，往往在意得太多。没有了鼓励，你是否坚持？没有了欣赏，你是否昂扬？

适当的悲哀可以表示感情的深切，过度的伤心却可以证明智慧的欠缺。

——莎士比亚

让座的事，是事不是事

此时，我们感到我们做了一个多么愚蠢的实验啊！

这是一个什么样的实验呢？

每次乘校车上班，顾老师总是中途上车。顾老师是我以前的学生，现在是我的同事。

顾老师怀孕了，于是，顾老师一上车，我就让座儿给她。

每次都是这样。几个月过去了，让座儿给顾老师成了我的专利。

一天，我们几个老师商议：咱们做个实验，等顾老师上车时，如果我们老师不让座儿，看看学生有没有让座儿的？

一个无聊的实验开始了：顾老师上车了。我们心里很复杂，要不要把实验做下去？学生们装作没有看见顾老师，顾老师可是个大肚子啊！最终，没有一个学生让座儿给顾老师。

我苦笑了一下，站起来，招呼顾老师过来坐我的座。也许这次顾老师不好意思了，顾老师推辞了几次，才坐下。

此时，我们感到我们做了一个多么愚蠢的实验啊！

做教师的当然首先要反思老师教育之过，我们的教育工作者应该好好地反思自身。

有人说，我们要思考的是，是教育在教育社会，还是社会在教育教育？如果一个刚刚上幼儿园的学生不给别人让座儿，可以理解，那应当是老师给他让

坐。如果一个高中生甚至成年人还不知道给老弱病残孕让座儿，就不能全怪罪于学校教育了。

　　人的成长有三大要素。一是遗传；二是环境，成长环境一般分家庭、学校、社会环境三个方面；三是教育，教育由家庭教育和学校教育两大部分组成。而人成长的主要决定因素是家庭。

　　让座儿，其实是很小很小的事情。但这里面反映出的问题却很多很多。

智慧的最大成就，也许要归功于激情。

——沃韦纳戈

回家就要关上门

在这个时代里，始终保持着一种优雅的生命姿势，始终保持一种优美的的心境，那是一种有香味儿的生活，那是一种美丽的生活。

爱人，是自己一生最珍爱的收藏

一天，他欣赏着自己这一辈子的收藏，妻子走进屋来，为他送上一杯茶，他突然发现，妻子站在琳琅满目的收藏品面前，比任何一个收藏品都要鲜活和温暖生动。他突然感觉到：妻子，面前的这个爱人，才是自己一生最美的、最珍贵的、最得意的收藏。

他爱好收藏，从字画到瓷器他收藏了不少。有的已经价值不菲，有的并不值钱，但他喜欢，如同至宝。

收藏一旦成为一种爱好，便会深入骨髓。他也不例外。

妻子跟了他一辈子，吃了不少苦。

因为收藏这个爱好要花很多钱，他挣钱很少，但花钱很多。他不吸烟、不喝酒，花的钱全是为了买收藏品。家里的存款几乎没上过四位数。

有时，两口子也为此事争吵，甚至争吵得面红耳赤，甚至为此闹离婚。

但两个人闹完之后还是没分开，因为他们根本分不开，闹别扭归别扭，分歧归分歧，两个人心里还是互相爱着对方的。

转眼已经过去很多年了。老了，他依然爱好收藏。

一天，他欣赏着自己这一辈子的收藏，妻子走进屋来，为他送上一杯茶，他突然发现，妻子站在琳琅满目的收藏品面前，比任何一个收藏品都要鲜活和温暖生动。

他突然感觉到：妻子，面前的这个爱人，才是自己一生最美的、最珍贵的、最得意的收藏。

妻子发现丈夫用怪怪的眼神看着自己，问："怎么了?"

他说："今天，我突然懂得，有一个收藏品我至今才发现。"

智慧仅仅是一种相对的品质，它不可能只有单一定义。

——哈利法克斯

走在有阳光的那一侧

走在大街上，我习惯走在有阳光的那一侧，那样身子会温暖一些，心情会温暖一些。阳光照在身上，暖洋洋的，心里很是幸福。阳光，给走在阳光里的人以能量。这种能量，有温暖，也有光芒。它除了给我们身体的能量，也给我们心灵的力量。

城市的街道，总是显得那么拥挤压抑，那水泥森林和人争夺着阳光，它们不能光合作用，也就不能释放清新的氧气。于是，城市中的绿色便显得那么奢侈，大片的阳光地带也显得弥足珍贵。

走在大街上，风很冷。

走在大街上，我习惯走在有阳光的那一侧，那样身子会温暖一些，心情会温暖一些。阳光照在身上，暖洋洋的，心里很是幸福。阳光，给走在阳光里的人以能量。这种能量，有温暖，也有光芒。它除了给我们身体的能量，也给我们心灵的力量。

别只是叹息，大自然是公正的。阳光可以照在所有人的身上，月光可以照在所有人的身上，只是，我们是不是让自己的脚步移动一下，走向阳光，走向阳光。

有一个癌症晚期的老人，他的儿女为了不让老人担心，瞒着他说他得的是一般的病。其实，老人在一次次诊疗的过程中也感觉到了自己的病情，老人是智慧的，他也不说出来自己知道实情。老人依旧整天乐呵呵的，他乐呵呵的，整个家庭才不会显得那么压抑和痛苦。老人没事的时候便在屋外晒太阳，或在

阳光下、月光下散步，老人说在阳光里温暖明亮，在阳光里清净悠闲。其实，是老人心里有一片温暖亮丽的阳光。

>>>

人的价值是由自己决定的。

——卢梭

优雅地生活

读一个人，其实是在读一个人的思想。就像欣赏一朵花，除了欣赏它的美丽，还爱嗅它的芳香。如果只有美丽没有芳香，那无异于塑料花。在这个世界上，我们每个人都不可能永远地活下去。如何在有限的生命中让自己生动一生，才是最智慧的选择。

优雅的举止，优雅的心灵，优雅地生活着。这是一个多么美丽的生活啊！

读一个人，其实是在读一个人的思想。就像欣赏一朵花，除了欣赏它的美丽，还爱嗅它的芳香。如果只有美丽没有芳香，那无异于塑料花。

梁凤仪，集作家、商人、家庭主妇于一身。她的美丽来自她外表以外的东西。她的传奇经历，她积极的人生态度与广博的胸怀，把她锤炼成从容优雅的女人。她的淡定、达观和永不言弃。她用勤奋和智慧铸就了梁凤仪传奇。曾经的她，曾经以家庭主妇为正职，同时以半工半读的身份在伦敦大学当图书馆助理及修读图书馆学。在美国威斯康辛大学读书期间，她在维珍尼亚州的一家中国餐馆身兼数职。她每周工作七天，每天由早上6时起上班，招待来吃早餐的客人，一直工作至晚上12时，待最后一桌吃夜宵的顾客离开之后，还要替那些不懂写字的中国厨师们写好家书，才可以休息。淡定从容，在商场上运筹帷幄，在文学中才华横溢，在家庭中贤惠舒雅，走过艰辛，面对成功，她风采依旧，这种风采，是那么醇厚和魅力四射。她既有花的容颜，更有着花的芬芳，更有着果实的香甜和营养。

杨澜送给女儿这样一段话：在与别人交往的过程中，谈吐与修养是最能征服别人的。喜欢看书的女孩，她一定是沉静且有着很好的心态的，一定是出口成章且优雅知性的女人。品味是一个人去观察事物时的态度，同样的东西，不同的人的眼光下会出现着不同的版本。在某些程度上，一个人的品位与她的气质是相辅相成的，品位的高低取决于一个女孩儿在日常生活里对新事物的发现。是啊！优雅是从内而外的品质折射。我们的优雅生活真的和物质有关系吗？有的人腰缠万贯依旧猥琐地生活，有的人并不富裕，但他依然保持着高贵的姿态。我们的物质在不断剧增，但我们的品质和优雅并没有"与时俱进"。

在这个世界上，我们每个人都不可能永远地活下去。如何在有限的生命中让自己生动一生，才是最智慧的选择。

一句短短的谚语往往蕴含着丰富的智慧。

——索福克勒斯

散步，是一件很重要的事情

散步养身，也可养心。散步中，可以欣赏路旁的美丽风景，可以和知心的人交流心情，可以忘却一天的烦恼，可以甩掉一天的郁闷。走着走着，心情便美丽起来。走着走着，心情便快乐起来。散步，散的是一份诗意；散步，散的是一份心境。

爱上了散步。

散步，是一种低碳绿色的运动。

散步，散的是一份诗意；散步，散的是一份心境。

迈着淡然悠闲的步子，该是多么惬意的事情啊！将自己融入轻轻的风中，将自己融入美丽的景色里，体会春的温暖和生动，体会夏夜的凉爽和活泼，体会秋天的风光和田野果香，体会冬天的凝重和寂静。大自然就是这样赐予我们不同的感觉，学会散步，你便会比别人多了一份大自然的恩赐。体验、感悟，在散步时最能得到激活。散步，其实就是在慢慢地享受生活。

轻松愉悦的脚步，在度量着生活的美丽。

在散步中减肥，在散步中健身。用慢速和中速行走，在风景秀丽的地方休闲。步行时心率控制在每分钟120次以下，这样可振奋精神。散步是一种最温和的运动，每天坚持散步可以加强心肺功能，促进身体血液循环，降低中风和心脏病发作的风险。美国足科医学会指出，坚持散步，可以降低患高血压或肥胖症的可能性；改善胆固醇指数；强壮肌肉，更有利于腿部和腹部的锻炼；减缓紧张和压力；有利于缓解关节炎的疼痛，改善骨质，还能预防蛀牙。

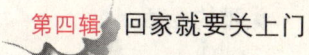
　　散步养身，也可养心。散步中，可以欣赏路旁的美丽风景，可以和知心的人交流心情，可以忘却一天的烦恼，可以甩掉一天的郁闷。走着走着，心情便美丽起来。走着走着，心情便快乐起来。

　　有时，散步还是一件很浪漫的事。

　　别以为挣钱才是重要的事情，别以为花钱才是重要的事情。

　　散步，才是一件很重要的事情。

理想是指路明灯。没有理想，没有坚定的方向；没有方向，没有生活。

——托尔斯泰

是礼让使新西兰的道路变宽了

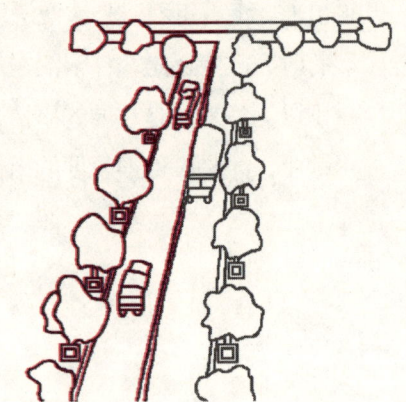

礼让，在新西兰公路行驶中成为一种规则。让前面的车先行，这是新西兰的一条基本的行车规则，当地的司机均会自觉遵守。其实，新西兰的道路并不是多么宽敞，是礼让使道路变宽了。

一次，我们的校车在接近红绿灯时，突然有辆私家车超车窜到我们车的前面。多亏我们司机紧急刹车才没有造成事故。校车追上私家车，校车司机一把抓住私家车司机的衣领，怒斥私家车司机。两人互不相让，争吵了起来。当时正值下班高峰，造成了严重的堵车。

校车司机报了警。两人僵持不下，我们老师和学生只好下车转到另一辆车上。

有一位在新西兰的华裔作家，一次，他开车时弄错了转向灯，旁边的司机堵住他的去路，拦住他告诉他犯了什么错误。作家连忙道歉和道谢。道歉是因为自己的错误差点引起事故，道谢是因为别人指正了自己的错误，从而使自己不会因为错误害了自己或他人的生命。然后，作家拿出自己刚出版的书，赠与对方。后来，两个人成了好朋友。

礼让，在新西兰公路行驶中成为一种规则。让前面的车先行，这是新西兰的一条基本的行车规则，当地的司机均会自觉遵守。其实，新西兰的道路并不是多么宽敞，是礼让使道路变宽了。新西兰在许多路口均有醒目的"GIVEWAY"标志，我们都知道这是让行标志；新西兰的国道大部分是双向二

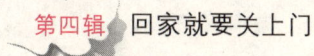

车道，对面来车时无法超车。大约每隔 25 公里，会有一段 "PASSINGLANE"（超车道）。后面的车要超车，一般会在 PASSINGLANE 完成。没有到达 PASS-INGLANE 前，很少有人强行超车。多么优雅的交通秩序啊！

　　是礼让使新西兰的道路变宽了。

>>>

如果你不怀疑自己，你的立足点确实不稳固了。

——易卜生

鸟是树的翅膀

一棵树，望着天空，想着自己如果有一双翅膀该多好啊！那么，这棵树能拥有一双翅膀吗？

一棵树，站在大地上。

它望着天空，想着自己如果有一双翅膀该多好啊！

可是，树知道，它不会有翅膀的，况且它的根在土地之下，它永远无法飞翔。

但是，树还是想飞翔。望着蓝色的天空，望着广阔的天空，树多么想飞翔啊！

一只鸟儿飞来，鸟儿落在树的肩膀上，唧唧喳喳，和树说话。

天黑了，树把鸟抱在怀里，鸟安静地睡着了，做着一个甜美的梦。

天亮了，鸟儿醒了。树很郁闷，鸟儿读懂了树的心思，说："树！你是我的家，我是你的翅膀。"

树笑了。

抱负是高尚行为成长的萌芽。

——莫格利希

是谁把草种在墙头上的啊

是谁把草种在墙头上的啊？伙伴们都很纳闷，他们决定要解开这个谜。那么，最终他们解开这个谜了吗？

这是一个废弃的院子，院子是用土墙围起来的。

有一年，墙头上长出一些小草来，小草嫩绿嫩绿的，长着尖尖的脑袋，像是在探听院子里的动静。

一群小孩经常来院子里玩儿，在院子里玩游戏，有了这群欢蹦乱跳的小孩儿，废弃的院子变得生动了。

一个小女孩儿盯着墙头上的草看了许久，自言自语道："是谁把草种在墙头上的啊？"

同伴们注意到小女孩儿发呆的神情，便问小女孩儿："怎么了？你想什么呢？"

小女孩儿指着墙头上的草说："是谁把草种在墙头上的啊？"

是啊！是谁把草种在墙头上的啊？伙伴们都很纳闷，他们决定要解开这个谜。

于是，他们经常悄悄地躲在院子里观察。

一天，飞来几只小鸟儿，小鸟儿落在墙头上，叽叽喳喳地叫着，它们还啄食草种子。

不一会儿，鸟儿便飞走了。

　　小伙伴们爬上墙头，他们要探索鸟儿留下的痕迹。他们发现，鸟儿落下的地方只留下许多小鸟儿的粪便。

　　他们失望地走了。

　　又过了一些日子，他们发现墙头上又长出一些小草。

　　他们明白了：原来这些草是小鸟儿种的啊！

人的活动如果没有理想的鼓舞，就会变得空虚而渺小。

——车尔尼雪夫斯基

结出自己甜美的草莓果来

周围的花儿排挤这棵小草，开始不断地讽刺挖苦它。但它还是倔强地生长着。一天，它结出了甜美的果实，它把自己的果实拿给周围的草分享，那是一枚枚心形的红彤彤的果实，很诱人。吃到嘴里，很甜。花草们这时才明白：原来它是一株草莓啊！

在一片荒芜的草地上，有一棵不知名的草，它快乐地生长着。草地上的草开出各种各样的花，那棵小草也开出了自己的花。但它开出的花儿与周围的其他花明显不同。

周围的花儿开始排挤这棵小草，开始不断地讽刺挖苦它。

"你们看！她开的花怎么与我们的不同啊？"

"哼！是个另类的家伙。不和她玩！"

"臭美！干嘛非要与众不同啊？"

它试着和周围的花儿打招呼，得到的却是一片嘲笑。

它生气郁闷。但它很快调整好了心态，它想，自己一定要努力，开出美丽的花儿，结出自己甜美的果。

草地要举办选秀大赛，几乎所有的草都参加了。它也报了名，但被取消了参赛资格。

草地要评先进了，候选名单里当然也没有它的名字，它只有给别人投票的资格。

所有的荣誉和比赛，都与它无缘。

但它还是倔强地生长着。

一天，它结出了甜美的果实，它把自己的果实拿给周围的草分享，那是一枚枚心形的红彤彤的果实，很诱人。吃到嘴里，很甜。

花草们这时才明白：原来它是一株草莓啊！

青春是有限的，智慧是无穷的，趁短暂的青春，去学习无穷的智慧。

——高尔基

大海总是把自己放得很低

大海为何如此壮美呢？大海总是把自己放得很低，所以才成就了宽阔深深的大海。

　　年少的他傲慢无理，总是自以为是，从不把别人放在眼里，对同学不友善，总是居高临下地对待同学，当同学在某一方面不如自己时，便对同学冷嘲热讽。

　　同学们慢慢远离了他，他开始孤独起来。孤独起来的他更加孤傲，更加不可一世。在学习上也不虚心，对老师讲的课爱听不听的，总认为自己学得差不多了，但每次的考试成绩总是很差。

　　父亲很着急，难道这个孩子就这样下去吗？难道这个孩子就这样不可救药了吗？

　　但父母并不甘心。一次，父亲带他来到海边。大海波澜壮阔，很是壮观。他被大海迷住了。

　　"大海美不美？"父亲问他。

　　"美！"他高兴地说。

　　"大海宽阔不宽阔？"父亲又问。

　　"大海太宽阔了！"他激动地说。

　　父亲对他说："大海为何如此壮美呢？"

　　他摇摇头。

父亲告诉他："因为千条江河归大海。"

父亲又问："为何千条江河归大海呢？"

他疑惑地摇摇头。

父亲告诉他："因为，大海总是把自己放得很低。"

大海总是把自己放得很低，所以才成就了宽阔深深的大海。

这次见闻和谈话对他启发很大，从此，他改正了自己的毛病。他明白谦虚有礼，团结友爱，才会健康成长。谦虚地成长，是生命中最壮丽的风景。

后来，他成了一个很受欢迎的人，并成了一名博士。

一首伟大的诗篇像一座喷泉一样，总是喷出智慧和欢愉的水花。

——雪莱

为天使缝补膝膀

拥有一片奋进的天空，你的翅膀会腾空飞起；拥有美丽珍贵的品德，便会拥有一个美丽的成长，成长的脚步才会坚实有力。良好的家庭教育，给成长的是一片灿烂的阳光和宽阔的天空。

　　小时候的他很调皮，爷爷助人为乐的品格，无形中给他品质修养带来良好的影响。他的家人很会教育他怎么去关心他人、爱他人。

　　母爱，是一种力量。沿着母爱的光芒，会走向成功的地方。有一段时间，他抄作业、逃课，成绩急剧下滑。而且开始说谎话，性格也变得暴躁易怒。妈妈看在眼里急在心上，她特意做了他最爱吃的螃蟹，心平气和地和儿子谈心。讲全家人对他的希望和现在对他的失望，妈妈说到动情处，禁不住流下了眼泪。他看见妈妈哭了，自己的眼泪也流了出来，他知道了自己犯下了错误。他在给妈妈的留言条上说：亲爱的爷爷奶奶爸爸妈妈：我知道我错了，我不该逃课，不该对你们撒谎，从今天起我要改掉坏习惯，做个好孩子！我不要这个月的零花钱，作为惩罚！从此以后，他像变了一个人一样，努力学习、刻苦训练。家庭教育在一个人的成长历程中产生了巨大的作用，它像一面旗帜，召唤着他奋勇向前；它像一个方向标，为他指引前进的方向；它像一个目标，吸引着他加紧前进的脚步。

　　他就是现在的奥运冠军刘翔。刘翔，一个魅力四射，健康、阳光的奥运大男孩儿，那一丝安静，那一丝沉稳，那永远友善的面容，留给人们美好的印象。刘翔的父亲刘学根在上海市自来水公司当司机，母亲吉粉花是一家食品企

业的职员。从爷爷奶奶到父辈，刘翔的家人表现出的与人为善、宽怀爱人的态度，对他的成长影响很大。

大家都知道，刘翔孝顺老人是出了名的。他每次外出比赛回到上海，第一个想到的就是去看望爷爷。在爷爷因为中风几乎失去了知觉时，刘翔只要有空儿就到病床前陪爷爷说话。他懂礼貌、有孝心，对人也是诚实热情。

一个人的美德和积极向上的心智，是推动我们前进的动力，是指导我们成功的旗帜。美德是我们人生的天空，勇敢是我们人生的翅膀。给自己一片广阔的天空，让自己自由翱翔。没有梦想，人生便会失去天空；没有勇敢，人生便会折断翅膀。用我们的奋进的翅膀，翱翔在我们梦想的天空。拥有一片奋进的天空，你的翅膀会腾空飞起；拥有美丽珍贵的品德，便会拥有一个美丽的成长，成长的脚步才会坚实有力。良好的家庭教育，给成长的是一片灿烂的阳光和宽阔的天空。

每个孩子都是掉在地上的天使，家长就是第一个为他缝补翅膀的人。

记忆力并不是智慧；但没有记忆力还成什么智慧呢？

——哈勃

为人要学十三姨

让医生们感动的十三姨，让我感动的十三姨。什么算是成功人士？金钱地位？什么算是会为人处世？左右逢源？这些，十三姨都做不到。但十三姨赢得了那么多医护人员的心，十三姨靠的是什么？靠的也是心。

我极少被电视剧里的人物和情节感动，总感到那些都是假的，是编出来的。

但当我看到电视剧《心术》里几名医生探望一位病人和参加葬礼的情节时，我的眼睛湿润了。

十三姨，电视剧《心术》里的一个小人物。有些傻傻乎乎，甚至有些"十三点"。几乎每集都出现一点十三姨的镜头，那酸酸的样子，那酸酸的语气，有些好笑，甚至有些讨厌。

每次，十三姨总是挂号来看她的"亲人"。

她的"亲人"就是医院里的这几个医生。由于我没有从头看电视剧，一开始以为十三姨是医院里哪个医生或护士的妈妈呢。后来，才发现十三姨和这些医生护士都没有亲属关系。

由于她的傻傻乎乎，刚入院时由于中风嘴角还挂着口水，说话嗲声嗲气，人们背后给她一个外号"老十三"，谁知她知道后不但不生气，还说好，你们以后就叫我"老十三"好了。病好了以后，她还经常来挂号来看医生，她才是地道的看医生——看望医生，来给医生送自己亲手做的吃的。十三姨给霍思

淼送来了油炸肉元宵，霍思淼让十三姨化验血糖，十三姨说自己身体已经好了，不用化验。霍思淼以化验血糖为交换条件答应吃十三姨送来的元宵。

十三姨，可爱的十三姨，大家的开心果，会安慰人的十三姨。十三姨看见到护士站里的护士都撅着嘴，问大家怎么了，护士告诉她今天她们被患者骂了，患者嫌看病贵，说了很难听的话。十三姨劝慰大家别和患者们计较。美小护看出十三姨又来给各位医生送吃的，美小护故意假装要吃郑艾平饭盒里的汤团，十三姨急忙掏出山楂片打发美小护以及各位护士。帅小伙医生郑艾平走了过来，十三姨急忙上前抱住他亲了两口。十三姨要郑艾平吃汤团，郑艾平推脱不开，只好答应把汤团拿到办公室自己吃完。郑艾平回到办公室，张晓蕾看见郑艾平脸上的口红印，问起郑艾平是谁亲的，郑艾平说出是十三姨亲的，大家纷纷笑了起来。十三姨，成了大家之中的一成员。

总是笑得像一朵花儿似的十三姨，给医院带来了给医护们带来了春天般的感觉。十三姨六年来从不间断的每周二挂号来和几位医生聊天并给他们送吃的。十三姨再次来医院看望霍思淼和郑艾平，并给他们送来鸡汤。霍思淼告诉十三姨郑艾平心情不好不要去打扰，十三姨听说郑艾平心情不好更加坚定地要去看郑艾平。十三姨给郑艾平送去鸡汤，虽然不太好吃，可是郑艾平心中却感到十分温暖，他在这里没有亲人，十三姨就是他的亲人，他感觉到。

有一天，大家突然感到缺了点什么。缺了点什么呢？大家突然发现十三姨很久没来看大家了，打电话也关机，大家都感觉奇怪，十三姨怎么了？

十三姨住院了，是二次中风。十三姨，早已是大家的亲人了。得知消息后，霍思淼急忙背起包去看望十三姨。刘晨曦正在做手术，霍思淼打来电话说出十三姨已经快不行了，时日无多所以没有意义转院来到他们医院了。大家晚上都去看望十三姨。十三姨终于离开了大家，刘晨曦带领全科的同事们去参加葬礼，郑艾平提起十三姨为大家做的难吃的点心，如今想来是那么令人回味无穷，美小护回答她从没舍得给护士们吃过。霍思淼提起最后一次看见十三姨已经发现她的脚不对，刘晨曦说出他也看见了，可是对于熟悉的人却没有过多地关注，霍思淼忍不住落下自责的泪水。十三姨是成功的，在我们大家的心最柔软的地方，大家给十三姨留着一个位置。十三姨是伟大的。于莺莺问起郑艾平这个十三姨到底和他们什么关系，刘晨曦说是姨妈，霍思淼说是舅妈，问起郑艾平，他回答十三姨是他的奶妈。

让医生们感动的十三姨，让我感动的十三姨。什么算是成功人士？金钱地位？什么算是会为人处世？左右逢源？这些，十三姨都做不到。但十三姨赢得了那么多医护人员的心，十三姨靠的是什么？靠的也是心。

十三姨，快乐的十三姨，疯疯癫癫的十三姨，大家有些避之不及但又有些喜欢有些爱的十三姨，就这样走进了大家的心里。

理想的书籍，是智慧的钥匙。

——托尔斯泰

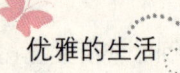

你不感觉你很好吗

他痛苦极了，感觉世界抛弃了他。他来到一个寺庙里，对一位老僧人诉说自己的不幸。老僧人说："孩子，像你这样生活在单亲家庭的孩子有4000万，世界上不是只有你最不幸。你最起码还有父母啊！他们离异了，但他们还是你的父母啊！要知道，有1200万是孤儿，他们从小就失去爸爸妈妈。你和他们一比，你还是幸福的。"

父母的离异，使得他对一切都感到不可信任，他痛苦极了，感觉世界抛弃了他。他来到一个寺庙里，对一位老僧人诉说自己的不幸。老僧人说："孩子，像你这样生活在单亲家庭的孩子有4000万，世界上不是只有你最不幸。你最起码还有父母啊！他们离异了，但他们还是你的父母啊！要知道，有1200万是孤儿，他们从小就失去爸爸妈妈。你和他们一比，你还是幸福的。"

一个孤儿很痛苦，来到寺庙向老僧人诉说自己的不幸。老僧人看了看他，说："你健健康康的，不缺胳膊不缺腿的，还有什么不满足的那？孩子！现在有残疾人6000多万。孩子！好好珍惜吧！生活是美好的!"

一个残疾人很痛苦，来到寺庙向老僧人诉说自己的不幸。老僧人看了看他，说："生命是美丽的，生命是珍贵的。只要活着就是福。现在平均每天有160人死于飞来横祸。有的人早上还生龙活虎的，晚上说没就没了。生命只有一次，有生命就有幸福。"

一个死者很痛苦，他的灵魂来到寺庙向老僧人诉说自己的不幸。老僧人问他是怎么死的，他说是地震时遇难的。老僧人说："很好!""很好?"死者疑惑不解，"我都死了，你怎么还说很好?"老僧人说："是啊！你是痛痛快快死的，而且不是经历很长时间的病痛折磨，这不是幸运的吗？还有，你知道吗？现在每年有 30000 人死于冤假错案。他们死得多冤啊！这样，你不感觉你很好吗？"

智慧就在于说出真理。
——赫拉克利特

怀念用柴火取暖的日子

我们把手伸向火堆，不停地揉搓着手掌。不一会儿，全身便暖和起来。一家人围坐在一堆温暖的柴火旁，多么温馨的场面啊！

有时，我会傻傻地想：海子也许是幸福的。

他突然想从明天起做个幸福的人，那么，什么样的人是幸福的人呢？喂马劈柴周游世界？从明天起关心粮食和蔬菜？有一所房子，面朝大海，春暖花开？初读这些，看似太简单了。但对于我们现代人，简单吗？在城市的楼房里，你怎么喂马劈柴？关心粮食和蔬菜？是的，这些被污染的、有毒的粮食和蔬菜是该关心一下了。但也不要太关心了，太关心了，我们还敢吃吗？有一所房子，面朝大海春暖花开？面朝大海的房子会掏空我们所有积蓄，会让我们从明天起，开始还贷！给每一条河每一座山取个温暖的名字？小心人家告你侵犯署名权。

突然怀念起用柴火取暖的日子了。用柴火取暖，也许我们永远不会再用这种方式了。它只能温暖地在我们的记忆里。用柴火取暖，如今已成为一种奢侈。

冬天，一步步向我们走来。树，抖落下一身的叶子，赤裸裸地迎接寒冬。而我们穿上臃肿的冬衣，把自己包裹起来，躲闪着寒风。

走进家门，便来到春天了。家，一个温暖如春的地方。暖气在向我们传达着它的问候，它用它的体温温暖着我们，也温暖着这个冬天。

突然想起，我小时候穿过凛凛寒风，推开家门，抖落一身雪花，用双手捂住冻疼的耳朵，父母便会赶紧生起一堆柴火。红红的火苗升起来，夹杂浓浓的白烟弥漫开来。人家烟火，不会就是这样来的吧？我们把手伸向火堆，不停地揉搓着手掌。不一会儿，全身便暖和起来。

燃尽的草木灰，可以埋进去地瓜，过一段时间，拨开灰烬，接下来就是见证奇迹的时候了：那香喷喷的烧熟的地瓜便是这个冬天最美的食物。双手捧起滚烫的烤地瓜，烫得我们丝丝哈哈。

秋天，最常见的情景是很多人背起背篓，去地里捡拾庄稼秸秆、树枝木柴，去地里捡起一冬的温暖。那时候的田野，被人们捡拾得干干净净的，地上几乎没有一根柴草。不差于现在迎接领导检查前打扫卫生。

那时候的冬天很冷，那时候的冬天也似乎很长，但我们不会蛰伏在屋子里，我们会奔跑在雪地里，以一种欢天喜地的形式驱赶寒冬，直跑得满头大汗。心中盛满阳光的情怀，冬天便不再寒冷。屋檐上的冰挂成为冬天很美的风景。我们用棍子敲打下来，当冰棍儿吃。冻得像红萝卜一样的小手，抓起雪团打雪仗或滚雪球。"跳房子"是最能御寒的游戏项目。孩子们在地上画出几个格子，单腿蹦来蹦去，好玩极了。

这样的冬天不缺笑声。

那时候的冬天很冷，但我们的童年很温暖。

突然怀念起那些日子，怀念起那烧柴取暖的日子，于我，于我们大家，已成了一种奢侈的念想。一盆炭火，那是我的冬日暖阳。

一家人围坐在一堆温暖的柴火旁，多么温馨的场面啊！把柴火点燃，我们一起围着柴火堆烤火，这种情景现实中不会再有，但它昨夜又温暖了我的梦。

人的智慧不用就会枯萎。

——达·芬奇

我在冬天里，看到了春天的微笑

没有雪的冬天，就像没有花的春天。雪，是冬天盛开的花朵。雪，给了我们一个童话世界。雪们，领着我们走进美丽。那漫天飞舞的花朵，那漫天飞舞的翅膀，使得冬天生动起来，使得冬天鲜活起来。

走向雪白的童话，目光被爱的旋律温暖。

一场雪，使一个寒冷的冬天热烈起来。一场雪，把一个冬天唤醒了，把温暖唤醒了，把我们的幸福唤醒了。

在冬日的大雪里，寂静的冬生动起来，

时光如白驹过隙，在春天里，感受温暖和生机。在夏天里，感受热烈和蓬勃；在秋天里，感受成功和奉献；在冬天里，感受冷静和从容。自然是智慧的。四季轮回，大自然的多姿多彩，比任何一个哲人都要深刻。日月星光，比任何一个哲人的目光都要深邃。

这是生长梦的地方，这是最自然的地方。我把梦放在你这里，这里，是保存梦的最好的地方。

阳光照在心底，温暖洋溢全身。我们的周围弥漫着生命的芬芳。

用纯美的心情滋养生活，用阳光美丽我们的心情。用纯美如雪的语言，用冰清玉洁的心灵，写一封信，寄给明年的春天。温暖，沿着春天的唇边，呼吸般向我们走来。

打开我们的视野，让纯洁滋养我们的眼睛。

闭上眼睛，你会感觉到，在最后一场雪后，春天就会来了。春天，微笑着，像呼吸般走来。

冬天的心里，有温暖的体温。春天的心里，有花的香味。

以一朵雪花的姿势，以一种美丽的表情，你站在美丽的冬雪里，你站在新年的门口，用阳光金色的翅膀，舞动一个美丽天空。当飘逸的身姿静下来，就像翩翩起舞的蝴蝶静静落在花朵上。一回眸，那是怎样的无尽娇羞，那是怎样的可人之态?

一朵雪花有一朵雪花的风骨，一朵雪花有一朵雪花的韵味。在这漫天遍野的雪地里，你怦然心动，那是一种和心跳同一频率的节奏。此时，你的心和这里的山、这里的雪、这里大自然流淌的旋律、这里的一切同一频率一起跳动着。

没有雪的冬天，就像没有花的春天。雪，是冬天盛开的花朵。雪，给了我们一个童话世界。雪们，领着我们走进美丽。那漫天飞舞的花朵，那漫天飞舞的翅膀，使得冬天生动起来，使得冬天鲜活起来。雪花，是很让人心疼的。雪，你冷吗? 把一朵雪花捧在掌心，我看到的是一滴晶莹的泪滴。雪，冬天的天使，给冬天带来微笑，给冬天带来美丽; 雪，使冬天生动起来; 雪，是冬天的花朵。有一种花开在严寒中，有一种花选择最纯净的颜色，有一种花是天使的翅膀，有一种花是天使的呼吸，飘飘洒洒，纷纷扬扬。雪，给了冬天最美的风景。雪，让冬天鲜活起来。雪来自冬天，告诉我，春天就在她的身后。

新的一年，向我们走来，我们走在饱含春天体温的大路上，我们与快乐同行，我们把幸福托起。

好人之所以好是因为他是有智慧的，坏人之所以坏是因为人是愚蠢的。

——柏拉图

在暑假中成长

学生的暑期生活要返璞归真，可以参加主题夏令营、去旅行。一方面放松心情，另一方面使孩子开阔眼界。让学生尽享自然的快乐，尽享生活的情趣，过一个自由自在的暑假。

充满激情的夏天向我们走来，我们期盼的暑假向我们走来。暑假到了，该让紧张了一学期的大脑放松下来了，是这样吗？如今暑假成了"补习集中期"的代名词。夏天充满着生命的绿色和生命的活力，我们走向自然，尽情享受大自然。夏天是炎热、欢乐、美丽、多姿多彩的。快乐的暑期生活开始了，我们的暑期生活丰富多彩，上网、培训、旅游、看电视、夏令营、做家务、看书等等。炎炎夏日，正是游泳的大好时光。在游泳池里，我们快活地学习游泳；在培训课堂里我们孜孜不倦地学习着；在参与社会活动中我们增长了知识和才干。在充分放松中长身体，在个性化的生活和社会实践中体验快乐。在活动中长能力、长智慧。让我们到暑期中去体验生活、体验社会和快乐成长吧！

你孩子补课了吗？你孩子在哪里补课？这几乎成了很多家长假期的见面语。你也许会遇到这样的情景吧？当你走出学校大门，瞬间就被一群发放补习班传单的人包围，不容你不接受，传单都会像雪片儿一样扑进你的怀里。每次考试结束，社会上一些补课班就会迎来了一次招生高潮，不知所措的家长们纷纷把补课当成救命稻草。家长普遍有一种危机感：别的孩子都在补课，自己的孩子不补必定会落下，这是家长们的最大担忧。

补还是不补？这是个问题。对于学生来讲，补课要因人而异。对于家长来说，担心人家的孩子补课了自己的孩子不补课会输在起跑线上。对于提供补课者来说，补课有着强大的利益链。乱补课现象势必会对学生的正常学习和发展带来影响。所以正确的选择，才是明智的。

但是，家长有家长的苦衷，这么长的暑假，家长工作忙，上班后让孩子一个人孤孤单单地待在家中，除了看书、做作业，就是看电视、玩游戏，要不就是跑出去找同学玩，或钻进网吧，时间长了难免出问题。因此，家长们希望有一个既能帮助孩子提高学习成绩又能管住孩子的场所，于是，各式各样的培训班和辅导班便成了首选对象。家长怕孩子学习掉队，怕孩子暑假玩野了、玩疯了。

我的暑假我做主。给孩子成长的空间，暑假是让学生休息和调整的。假如我们不再补课，我们会有时间去亲近大自然；假如我们不再补课，我们会有时间去培养自己的兴趣爱好和特长；假如我们不再补课，我们会有时间去锻炼身体。假如我们不再补课；我们会有时间去……

给孩子的成长一个广阔的空间，不要把孩子的成长空间挤压到学习学习再学习的怪圈里。学生的全面发展才是硬道理。

假期哪里去？

到民间采风去。

走向自然，走进快乐的生活。自然给了我们很多很多，我们的目光打在美景上，我们呼吸着自然的气息，我们采摘着大自然的花朵或者叶子，也收获了快乐，也收获了美丽的心情。阅读自然，我们会感悟很多。

走向民间，吸取民间文化的丰富营养。

让我们一起通过综合实践活动，了解民间蕴藏量的丰富的文化、古建筑、历史人物和传说，欣赏领略那美丽的风景，关注生活、思考生活、欣赏生活、热爱生活。以全新的视野来重新审视生活中的民风民俗以及社会发展中出现的新的观念与做法，是一个与学生生活息息相关也是一个很具有研究空间的主题。用美丽风景陶冶性情，用丰富的文化滋养心灵。迈开脚步，让我们一起到民间去采风！

【活动内容】一、搜集、整理风景区的介绍和图片，走进风景区，欣赏美丽的风光。

二、了解有趣的方言和民俗。

三、感悟民俗文化。

四、写作练习

假期综合实践活动，可以使学生认识到我们祖国有着许多美丽的风景，有着深厚的文化，有着丰富的民间风俗。伟大的中华民族有五千年的文明史，丰富深厚的民俗文化始终与民族文化相伴随。一个民族或群体的民俗，实际上是指该民族或该群体的生活方式和文化传统。任何发达的或发展中的民族或群体，都毫无例外地生活在一定的民俗中。学习中华民族的民俗文化，可以加深对我们民族的了解和感情。经过研究性学习，学生们走进社会、走进生活，了解了一些民间传统文化与传统习俗，与很多本地老百姓交流。学生们以全新的视野来重新审视他们日常生活中的民风民俗以及社会发展中出现的新的观念与做法。学生的参与面广，积极性高，提高了调查、访问、合作、分析、评价等的能力；同时，经过了一系列的写作活动与展示活动，学生们懂得了在生活中学语文、用语文的方法与意义。

五、户外训练

大自然是最好的老师，在大自然中，可以得到最好的教育。生存能力的训练，生命价值的体验，在野外可以最大化地凸现出来。这些活动，对学生素质的培养很有帮助。

亲近自然。与大自然亲密接触，生存环境的适应，综合素质的考量，在这里都可以体现出来。学生与真实的户外世界接触机会太少，过多的室内学习让孩子产生了诸多身体和心理的问题，包括与人与自然欠缺必要的沟通和联系。孩子们被电子游戏和课业束缚住了身心，却久违了那种手指触地的感受。

在广阔天地里成长。对现在久居城市的人进行野外生存训练，可以通过一种野外的生存环境来刺激原本麻木的精神，从而达到团队合作的目的，让人更加珍惜现在的生活，锻炼人们的身体，让学生在精神和身体上都得到极大的满足。

放飞翅膀的课堂。户外教育是以室外环境作为课堂开展的一种旨在通过实践获取知识的教育。野外训练可以让学生能够积极面对挫折、逆境，并教会孩子灵活运用思维转换模式；教孩子认识自我潜在能力和极限，克服恐惧心理和思想障碍，培养孩子上进心，增强抗挫折和突破能力，使个性变得坚强而有韧性。

野外训练是对学习者综合素质的全面养成，很好地实现了学科整合，同时对其进行环境与健康、生态可持续发展等方面的意识培养。

自理能力，从假期培养。

六、假期，爱上阅读。

阅读，呼吸文化的芬芳。在文化的光芒下学会成长，在文化的光芒下完善自我。精美的图书，有悦目的色彩，有淡雅的芳香，有美丽的文字，这些总是给人美的感觉，它的味道一如桂花飘香，慢慢地弥散开来。用心阅读，你会收获很多。书，是要用心来阅读的。用阅读激活人生。阅读，可以启迪智慧、净化心灵、感悟人生；阅读人生，诗意人生。阅读是可以给人美的享受的；阅读，可以滋养人生；阅读的魅力。阅读，可以得到一种伟大的力量。在阅读中，我仿佛走进历史的隧道，触摸到历史和思想的体温。精神溶在我们的生命里。幸福就是你心里洋溢起来的那种氛围。阅读，可以营造出这种氛围。阅读，可以乘文化的光芒，做一次心灵的旅行；阅读，温暖心灵；阅读，让穿越千年的经典成为现代人纯净心灵的甘露。今天的我们更需要寻到文化的体温，在文化的体温里为我们的心灵取暖。

犹太人在孩子很小时，让孩子亲吻滴在书本上面的蜂蜜，这样孩子会感到书是甜的，对书就会有一种特别喜爱的感情。

书是甜的。读书应该是件甜美的事。

在阅读中，可以借助作者深厚的古典修养，特有的细腻情感，以经典和智慧，解读我们的困惑，安抚我们的心灵。书，从最高的做人道理出发，以一种最亲切的姿态，引起我们心灵的共鸣。阅读的意义就在于它能穿过这种千古的尘埃，以一种爱的方式去作为一种导火索，让人在心里面跟文化和思想有这么一种火焰的默契，能够在点燃自己心里头一种爱，一种呼应。一本好书，可以教给我们如何在现代生活中获取心灵快乐，适应日常秩序，找到个人坐标。

书，有一种气场，那种气场可以使人向上、乐观、智慧、宽广。

读书，可以使我们拥有一颗柔软的心、感恩的心、欣赏的心、包容的心、快乐的心，所以你的心灵的窗户里就会闪烁着温暖美丽的光芒。阅读可以使心灵幸福，阅读是快乐的，因为它可以滋养心灵。这种阅读是欣悦的阅读，让我们通过阅读，使心灵快乐起来，心灵善良起来，心灵美好起来。每次捧读一本书，在图书散发着的油墨芳香中，都会得到启发，得到精神的滋养。阅读，呼

吸文化的芬芳。在文化的光芒下学会成长，在文化的光芒下完善自我。精美的图书，有悦目的色彩，有淡雅的芳香，有美丽的文字，这些总是给人美的感觉，它的味道一如桂花飘香，慢慢地弥散开来。用心阅读，你会收获很多。书，是要用心来阅读的。在这个暑假，阅读，我爱上你了！

学生的暑期生活要返璞归真，可以参加主题夏令营、去旅行。一方面放松心情，另一方面使孩子开阔眼界。让学生尽享自然的快乐，尽享生活的情趣，过一个自由自在的暑假。

得到智慧的唯一办法，就是用青春去买。

——杰克·伦敦

爱上慢生活

慢下来，你的生活也就美起来；慢下来，品味我们的生活。慢下来，越品，生活越有味。"慢"是一种品味，是一种品质。

一个外国记者来到丽江四方街，问每天来这里晒太阳的纳西族老太太："老太太，你在这里干什么呢？"老太太说："我在晒太阳。"记者问："你们纳西人的生活节奏太慢了。"老太太回答："人生只有一个目标，那就是死亡，你那么快去干吗呢？"

我们丧失了慢的能力，我们把一切搞得那么紧张那么快速。急着赶班车，急着吃饭，急着……8分钟约会，闪婚，闪离。也许，不是我们把生活变成如此，而是环境逼着我们这样。

一大早，看见漫天飞雪。如果是前些年，心里一定欣喜若狂，但是现在考虑的问题是多穿点衣服、路上交通一定会受阻。在路上，看到人们既是急匆匆的样子又是小心翼翼的样子，只有些孩子露出欢喜的笑容。雪是冬天带给我们最好的礼物，也是自然赐给冬天的快乐。但是，我们忘了接收，或者忙得无暇接受。太多的事情需要我们打理，我们奔忙着。

其实，慢生活是对自然回归的尊重和对和谐理念体现。

慢下来，你的生活也就美起来。慢下来，品味我们的生活。慢下来，越品，生活越有味。"慢"是一种品味，是一种品质。李敖的前妻胡因梦年轻时曾经和林青霞、林凤娇、胡慧中并称"二林二胡"。她的演艺生涯曾经给她带

来很多的荣誉。1977 年，胡因梦出演《人在天涯》获得第十四届金马奖最佳女配角奖。1986 年，胡因梦主演《我们都是这样长大的》被亚太影展评为"最受欢迎明星"。但是，三十五岁的胡因梦突然离开了演艺界，她让自己慢下来，她让自己静下来。致力于身心灵探究及翻译与写作，著有《胡言梦语》《茵梦湖》等书。一个红极一时的影星，能把自己的心静下来潜心写作，充分地显示出她那种高雅的品质来。

慢下来吧！人生路上有很多风景不能再在匆匆中错过了；慢下来吧！慢慢地欣赏一路美丽风光。

慢下来，你才会体味出生活的味道；

慢下来，你的心才是你的；

慢下来，你的心才会美丽起来；

在这个时代里，始终保持一种优雅的生命姿势，始终保持一种优美的的心境，那是一种有香味的生活，那是一种美丽的生活。

慢慢地走，你才能欣赏到一路上的美丽风景。

慢下来，心，静下来。

心静下来，生活便美好起来。

在慢里，你才会体味到幸福。

青年是学习智慧的时期，中年是付诸实践的时期。

——卢梭

鼓槌砸下去，鼓声响起来

奋斗，才能拥有璀璨的荣耀、明媚的风采。只要我们在不断追求、不懈奋斗，就会拥有一道属于自己的亮丽风景。在泥泞中努力，坚信最终会走出泥泞，从而生出自己坚毅的翅膀。只有不断跋涉的人，才能抵达美丽的目标。

打击，会摧毁一些东西，也会锤炼一些东西。

鼓槌砸下去，鼓声响起来。

咚、咚……这是坚韧的鼓皮对猛烈砸下来的鼓槌的回应。那些脆弱的物件，面对捶打时往往是支离破碎。

从每一个成功者的经历中，我们都能悟出很多道理。他们的经历不同，成功的方式也不同，但都有一个共性，那就是坚韧。

这是一个传奇的人生，他给我们很好的启示。

从小他就经历磨难，9 岁那年，他的父亲离开人世，他便与母亲相依为命，生活条件很艰苦，就在他 13 岁那年的正月初二，一场意外的大火将贫寒的家付之一炬。无奈之下，母子只好在废墟上搭建了一间草房，这一住就是两年。草房非常简陋，简直可以用四面透风来形容。他曾因疾病休学，耽误了不少功课。他喜欢思考，受电视广告的启发，他发明了适合自己思维的联想记忆法。他靠这种联想记忆法，将落下的功课一点点补上，最后顺利地考进了大学。后来，他在当地小有名气，写作出书做主持人。可是，此时的他又有了一个新的决定。他告别了 70 岁的母亲、27 岁的妻子和 5 岁的儿子，只身飞往美国。到美国后，一切都要重新开始。加之语言又不是特别通，其中的艰辛可想

而知。但再多的磨难也没有让他退缩。他知道：只有不断进取，才能成功。

后来，他成为著名的作家和学者，他就是刘墉。他有一句名言：不走下这个山头，怎么攀上那个山头？

热诚地对待生活，冷静地观察世界，勤奋地工作，积极向上的激情，这些便构成了成功者成功的元素。奋斗，才能拥有璀璨的荣耀、明媚的风采。只要我们在不断追求、不懈奋斗，就会拥有一道属于自己的亮丽风景。在泥泞中努力，坚信最终会走出泥泞，从而生出自己坚毅的翅膀。

只有不断跋涉的人，才能抵达美丽的目标。有人受到打击会一蹶不振，有人受到打击会更加高昂。做一只鼓吧！在遭遇打击时，把士气鼓舞，让铿锵之声响起。

生活中最重要的是礼貌，它比最高的智慧，比一切学识都重要。

——赫尔岑

站着阅读

应该得到的东西。那些鲜活的东西，那些深刻的东西，那些淋漓尽致的东西，那些刺痛而又激活你的东西，从文字中显露出来。

阅读，其实是在阅读一种思想。阅读，其实是在用视觉思考。

这是一部沉甸甸的作品，这是一部痛彻心灵作品。《战争与和平》是一部鸿篇巨制，作者笔力酣畅，《战争与和平》是"十九世纪世界文学的最伟大的作品"（高尔基语）。它场面浩大，人物繁多，被称为"世界上最伟大的小说"。亨利·詹姆斯把托尔斯泰称为一头"大象"，一头拉着一辆"大篷车"的大象，而在这辆"大篷车"上，装载着"整个人类的生活"。在这部作品中，我们看到了生命和精神的张力。浸润在字里行间的是对战争、和平和生命的深沉思考。作者对人物形象的描写既复杂又丰满。对战争带来的灾难，更是刻画得入木三分。我们总是失去之后才会懂得它的珍贵，我们只有在失去后才会懂得它的脆弱。生命，需要我们呵护；和平，需要我们呵护。生命如此多娇，她娇艳美丽，也娇气脆弱。她需要我们好好地珍惜，好好地爱，好好地呵护。没有哪一种东西比生命更鲜活，没有哪一种东西比生命更生动。这部卷帙浩繁的巨著以史诗般广阔与雄浑的气势，展现了 1805 至 1820 年俄国社会的重大历史事件和各个生活领域的不同场景。作家拥有的大视角，俯瞰式地对生活的大面积涵盖和整体把握，对事物的内在联系的充分揭示，对场景的生动描写，使这部小说具有极大的思想和艺术容量。作品的力量在于思索的力量。作

品思想内涵深刻，情感真挚。娴熟的文笔，对生命的关爱和对个人命运的关注，震撼读者的心灵。在作者的巨大视野下，在如滔滔洪水的描述下，读者看到的是灾难的埋伏、战争的伤害、命运的担忧；读者看到的是幸福的涵义，读者懂得了幸福的真谛。

书，是要用心来阅读的。如果你只是想用眼阅读，用猎奇心理阅读，那你会失去很多从书中应该得到的东西。那些鲜活的东西，那些深刻的东西，那些淋漓尽致的东西；那些刺痛而又激活你的东西，从文字中显露出来。这部书，我读着读着就坐不住了，于是就站起来，站着阅读。

与智者同行，必得智慧；与愚者作伴，必定无益。

——大卫王

清丽的女子

外表精致优雅、举止得体大方、言谈诗情画意、声音轻缓悦耳、眼神充满善意。我想，她有着一颗柔软、感恩、欣赏、包容、快乐的心，所以她心灵的窗户里才闪烁着温暖美丽的光芒。

作为"我的云南情缘"故事征文获奖作者，我参加了"重返心灵家园·七彩云南"电视片的拍摄活动。我们和南方卫视《潮流假期》的编导摄制人员以及其他媒体的记者，从都市人的精神世界出发，走进伸手几乎可以摸到天的彩云之南。我们作者都互相不认识，一开始大家都只是专注于景色的观赏和电视片的拍摄。慢慢的大家熟悉起来。

其中有一位作者，可以用两个字形容她：清丽。她衣袂飘然、巧笑嫣然，给人一种古典婉约的印象。温和的脸庞上，洋溢着素雅芬芳。

在饭桌上，当端上一盘漂亮和散发着香味的具有民族特色的饭菜时，她会拿出她的照相机为这盘美食拍照，拍完后还会不好意思地笑笑，说："不好意思！打扰大家了！"她说她要把这些美食照片放到自己的博客里，让更多的人分享。

她还有一个雅好，爱吃花儿。她说："很多花儿都是美食，而且可以美容。花儿好看，也好吃"我们看着她，逗她："怪不得你长得像花儿一样，原来是吃花儿吃的啊！"

她说："如果是生活在云南多好啊！可以经常吃到花儿，可以吃到很多的花儿。云南的花儿太多了。"

　　她说："在广州这个大都市里,她属于那种虽时尚但又特安静的人,爱唱歌,但只爱那种抒情或悠扬的歌,不喜欢那种声嘶力竭的歌声。她生活得很低碳,不喜欢大鱼大肉,萝卜青菜是她的最爱。"

　　她,清丽地生活着。

　　在香格里拉的寺庙里转经时,她是那么的认真和专注,她是那么的虔诚和仔细。此时,她那素洁的脸庞放射出圣洁的光辉。

　　外表精致优雅、举止得体大方、言谈诗情画意、声音轻缓悦耳、眼神充满善意。我想,她有着一颗柔软、感恩、欣赏、包容、快乐的心,所以她心灵的窗户里才闪烁着温暖美丽的光芒。

　　好一朵美丽的茉莉花。美丽、芬芳,灿烂盛开。

单单一个有智慧的人的友谊,要比所有愚蠢的人的友谊还更有价值。

——德谟克利特

激情燃烧的岁月

回忆知青岁月，我们做一次精神上的团圆，营造出温馨的时光，展望着美好的未来。在这里，我们沐浴在青春洋溢的幸福里，尽情地享受着青春岁月的温馨。那段岁月令人魂牵梦绕，那段岁月使人刻骨铭心。

平淡的生活中，总有一种情感让我们感动并铭刻心底；总有一种付出让我们乐于去做；总有一种精神支撑着我们的梦想；总有一种力量驱使我们追求精神的所在。呼吸精神的芬芳，精神溶在我们的生命里。

点燃青春的梦想，把一段艰难道路照亮。这是豪情的燃烧，这是激情的释放。那些感人的场面，那些发烫的日子，一页一页，又在我们心底激荡着。这是怎样的情怀？脚步有力神情飞扬。鼓起翅膀，拥有辽阔的天空。我们在奇迹里劳作，我们在风雨中行走。种下鲜活的能量，萌发理想的翅膀。回忆知青岁月，围着一把火取暖，那是最温暖的地方。知青们在广阔的天地里付出了青春和汗水，知青岁月是一段无悔的青春，我们把人生中最美好的青春都献给了农村。种玉米、种大豆、种小麦、修农机、饲养家畜、开渠挖河，垦荒屯粮，奉献着自己火热的青春。记得寒冬腊月，大家睡在土沟里，沟顶用席子盖着，再用麻袋把沟两端给堵住，只有薄薄的被子，很冷。

知青们表演的样板戏惟妙惟肖，很受欢迎，也为我们单调的生活带来一抹色彩。那段苦乐年华，锤炼了知青们的意志，造就了知青们艰苦奋斗、自强不息的精神。心和激情在一起，心灵便温润了。心和激情一起走，路上也许会有

风，路上也许会有雨，但这些都可以跨越，因为有理想在为你鼓掌。路上也会有风景，但可以在风雨中欣赏风景。

上山下乡，是特殊历史时期对一代青年的特殊历练。有宝贵青春的荒废，有美好理想的破灭，有生活信心的动摇，更有一代知青的奋斗业绩。浮躁的世界里，有没有景致更为开阔的人生？有没有令一颗心更乐意更快慰的通途？什么才是我们值得奉守的东西呢？对自己的超越，对肉身的超越，精神与追求，是你的人生阳光。

知青把插队的地方当成了自己的第二个故乡，因为那里有他们青春的欢笑、苦恼、憧憬、迷茫。即使身体离开了插队的地方，但这个地方依然总是来到梦里，这个地方已经在我们的心底扎下了根。梦里回到故乡，温暖便在故乡的怀里。也许，笑声和泪水弥漫在梦里；也许，香甜和苦闷缠绕在梦里。真情，使心纯净；热土，使浮躁的心安宁。一个人，永远走不出的是青春停留过的地方。身体离这里越远，心灵离这里越近。感恩地生活、诚恳地生活，是最美丽的生活。乡亲那沉甸甸的慈祥，给知青鼓励与安慰。父老乡亲们，是你使我们学会放弃肤浅，是你令我们心灵清静，是你使我们学会敬仰厚重。

我对知青岁月有着浓厚的感情，说起那个年月，我总是心怀激荡。七十年代初，我在"知青氛围"中开启人生纯真之旅。知青的坚韧、拼搏、吃苦、乐观、激情、创新的精神至今"生长"在我的意识中，成为我干事创业的内在动力和无形资产。与知青们相伴成长，无疑给我的成长带来很大的影响。独特的农垦文化和知青文化的融合，塑造了我的开拓精神，当年的"知青精神"得到了很好的传承与创新。

沧海桑田、风雨阳光，我们穿越悠悠岁月，见证历史的变迁。如今，农村大地有着壮美的风景。没有天空就没有建筑，农村大地的建设天高地阔。乡亲们的步伐铿锵有力，科教兴农的力度壮阔波澜。农村大地以其巨大的肺活量，同春天一起呼吸。你可以从每一次改革中领略一种气势；你可以从农村发展中感受一种速度；你可以从每一次成功中仰望一种高度；你可以从旧村改造中体会一种力度；你可以从乡村新貌中切入视线；你可以从刷新的产量中收获惊叹。这一切，来自乡亲们宽广的情怀、坚实的脚步、厚实的肩膀。

　　回忆知青岁月，我们做一次精神上的团圆，营造出温馨的时光，展望着美好的未来。在这里，我们沐浴在青春洋溢的幸福里，尽情地享受着青春岁月的温馨。那段岁月令人魂牵梦绕，那段岁月使人刻骨铭心。

坚定不移的智慧是最宝贵的东西，胜过其余的一切。

——德谟克利特

牙、舌、男人、女人

男人如牙，女人如舌。男人，阳刚。女人，柔美。牙齿极易破损，别以为牙齿极其坚硬，其实一旦破损，不会自我修复。而舌头一旦受伤，伤口可自动愈合，不会感染发炎。男人一旦受伤，容易丧失信心。女人则有很强的承受力。

牙齿，暴露在外面的骨骼。

舌头，最柔软又最灵活的肉。

男人，阳刚。

女人，柔美。

牙齿、舌头组合在口腔中，男人女人建立在家庭中。没有牙齿舌头的口腔不成其健全的口腔，没有男人女人的家庭不成其为完美的家庭。

男人如牙，女人如舌。

男人如牙，坚硬刚强。男子汉要勇往直前，敢碰硬。

女人如舌，调理关系，拌和感情。舌分泌汁液，帮助消化。女人，释放柔情，消解矛盾。舌，搅拌吞咽食物，是牙齿所做不到的。没有女人的辅助，男人是很难永远成功的。一个成功的男人背后，必定有一个好女人。

牙齿极易破损，别以为牙齿极其坚硬，其实一旦破损，不会自我修复。而舌头一旦受伤，伤口可自动愈合，不会感染发炎。

男人一旦受伤，容易丧失信心。女人则有很强的承受力。

我们每天刷牙，是为了保护牙齿，而你不必刷舌。

所以，广告上说：男人其实更需要保护。

牙舌之战，受伤的总是舌头。男女之争，受伤害的总是女人。

牙舌总不可避免相碰，男女也常常产生摩擦，但这并不损伤他们之间的关系。

即使是一个智慧的地狱，也比一个愚昧的天堂好些。

——雨果

储存幸福

我们很多人都或多或少的有这种毛病：囤积。这也舍不得的丢，那也舍不得丢，杂物便堆积占满我们的空间。有些东西是我们花钱买来的，买来后发现又没用了，便存起来了。

今天帮朋友搬家具，很简单的一件事，就是把一部分不用家具搬到储藏室，可是我们六七个人忙了半天才结束。储藏室里的东西塞得满满的，需要把它们清理出来，才能搬进去家具。清理出来的废纸整整装满汽车车厢。运走废纸后，又把一些木头啊、家什啊等等乱七八糟的东西装满两车厢。我们简直惊呆了，也累傻了，这间小屋里怎么塞满了这么多的东西啊？这些东西，四、五十年前的都有。主人把有用没用的东西全部塞进屋子里了。

其实，我们很多人都或多或少的有这种毛病：囤积。这也舍不得的丢，那也舍不得丢，杂物便堆积占满我们的空间。有些东西是我们花钱买来后发现又没用了，便存起来了。有些是我们费了很多事弄来的，当时感觉有一种占有欲和满足感，弄到手却没有用处，也便存起来。当然，也有些废品被我们存起来。

这是一种很微妙的心理，却有着普遍的现象，只是我们没有意识到而已。这让我想起一本书，叫《囤积是种病》。这是一本解读人囤积心理的一本书，它告诉我们，为什么囤积症患者只考虑眼前拥有某物的快感，却忘记他们没钱购买或者没地方存放那么多东西的痛苦？为什么囤积症患者会希望一生一世都占有一切，即便生命、金钱、地位、身材、脸蛋、名车、名表都只是一时归他所有？一个囤积者有两个自我，一个在黑暗中醒着，一个在光明中睡着。当你囤积东西的欲望变大时，属于你的世界就变小了。生活中，你是一个喜欢囤积物品的人吗？你的衣柜是不是塞得满满的？你的电脑是不是积累了太多不知道何年何月下载的文件？如果你是一个喜欢阅读的人，你的房间里面是不是堆满了多年前的报纸、杂志？我们突然惊醒了：我们的喜好是一种病态啊！有个年轻朋友说："我们家我常收拾，我收拾出来一大堆准备扔掉，装在袋子里，扔在门口，还没等丢到垃圾箱里，趁我一不注意我妈妈又收回来了。我讨厌家里满满的，我喜欢空间大一点，拥挤了就会觉得压抑。但妈妈喜欢囤积。我们的物质贪欲越来越高，我们的杂物堆积得越来越满，所以我们对生活越来越不满了。"人人都希望过上幸福快乐的生活，而幸福快乐只是一种感觉，与贫富无关，更与杂物囤积无关，它与感觉相通，它与内心相连。让我们赶快清理出盛放幸福的空间。

我们希望拥有的越多越好，殊不知这样有着很大的负面作用。《囤积是种病》告诉我们，囤积物品和喜欢收藏的人不同，因为收藏者会按照物品的价值进行选择，但喜欢囤积物品的人却可能囤积垃圾或者没有任何价值的东西。对于具有囤积物品习好的人，最好的治疗办法是励志小组和各种认知治疗。学会经营心灵生活。拥有一颗空灵的心，便拥有一片生动的天地。只有有一颗空灵的心，才会注入快乐、注入幸福。

让我们清理出一个空间来，来储存幸福。否则，我们的幸福无处可存。

与智慧相伴的是真理，智慧只存在于真理中。
——培根

寻福启事

我们往往一不小心就把幸福丢失了。幸福，是怎么被我们丢失的啊？微妙的人际关系中，繁杂的事务里，我们把幸福丢了。我们在匆匆的奔忙中把幸福丢失了。我们在争名夺利中，把幸福丢了。

我把幸福丢了。

有见到者，请与本人联系，必有重谢。

我们在响亮的哭啼声中，来了。在妈妈的怀抱里，我们幸福着。

离开妈妈怀抱，我们走进学堂，知识的海洋里，我们荡漾在幸福里。渐渐地，也有的是猝不及防地，在繁重的学习负担中，在紧张的学习生活中，我们把幸福丢了。

幸福，丢失在校园里了？还是丢失在假期的辅导班里？还是丢失在去学校和去辅导班的路上？

在工作中，我们紧张的神经和繁重的工作压力，使我们战战兢兢、如履薄冰，微妙的人际关系中，繁杂的事务里，我们把幸福丢了。

匆匆的，我们在匆匆的奔忙中把幸福丢失了。

争名夺利中，我们把幸福丢了。

我们的物质财富越来越多，幸福越来越少。

年轻时，我们追求的太多，忘了追求幸福，我说的是真正的幸福。

中年时，我们的担当太多，没有地方存放幸福。

老年时，我们突然发现，以前我们苦苦追求得到的，往往并不是真正的幸福。但此时想再追求真正的幸福，时间往往又来不及了。

幸福，就这样被我们丢失了。

谁见到了我的幸福?

智慧是命运的一部分，一个人所遭遇的外界环境是会影响他的头脑的。

——莎士比亚

手心里的幸福

我们在物质财富的追求中脱贫了，
但不要使精神世界处于贫困区。心
情好了，才会快乐；心情好了，才
会健康；心情好了，生活才会变得
美好。在我们追求物质财富的同
时，别忘了还有一种财富——心情财富。

其实，幸福并没有远离我们。

是我们偏离了幸福。

当我们忙于开发幸福资源的时候，却不知道幸福就在身边。

幸福，就在我们的手心里。不信的话，你把你的手心贴近你的胸膛，是不
是感到了幸福带给你温暖？是不是感到了幸福的体温？

我们忙着要抓住各种各样的东西，我们手中抓满了欲望，便放下了幸福。
每个人都有两只手，一只手满满的物质，一只手满满的名义，两只手都满满
的，幸福便滑了出来。

和幸福的人握手，幸福会传递给你。

在《风中有朵雨做的云》柔丽甜美的歌声中，在一个阴雨连绵的日子里，
心情开始变得柔美起来。我们没法改变天空，但我们可以美丽自己的心灵天
空。这种久违了的歌声、这种久违了的情感，把我的心打动。幸福，此刻神奇
地降临了。

我们都想在最有限的时空里，使自己的利益最大化。我们忙忙碌碌，追逐
着财富。财富，以其巨大的诱惑力吸引着我们。我们追求并不断地得到了丰富

的物质财富，却感到没有享受生活。我们享受着，用身体，而不是用心灵。心灵享受的缺失，便不是完全的享受。心灵财富的贫穷，便不是真正的富足。如今，我们面临的最大困惑是现实与心灵的矛盾。道德的迷失，精神的涣散，使得我们迷茫痛苦。心灵的贫寒、心灵的困惑，以其巨大的杀伤力，虐伤着我们的心灵。我们的物质生活显然在提高，但是许多人却越来越不满了。一个人的视力本有两种功能：一个是向外去，无限宽广地拓展世界；另一个是向内来，无限深刻地去发现内心。我们的眼睛，总是看外界太多，看心灵太少。我们疯狂的追求金钱财富，却在不停地丢失精神财富。追求物质财富时，忘记了亲情，你便丢失了亲情财富。追求物质财富时，丢掉了朋友，你便丢失了友谊财富。追求物质财富时，累病了身体，你便丢失了健康财富。追求物质财富时，忘却了快乐，你便丢失了心情财富。追求物质财富时，颓废了思想，你便丢失了精神财富。追求物质财富时，抛弃了善良，你便丢失了心灵财富。这样，你也许得到了物质财富，但丢失了的是更多的财富。

我们在物质财富的追求中脱贫了，但不要使精神世界处于贫困区。

心情好了，才会快乐；心情好了，才会健康；心情好了，生活才会变得美好。在我们追求物质财富的同时，别忘了还有一种财富——心情财富。保持一种静美的心境，拥有一种平淡的心态。在纷繁中淡定，在苍茫中从容。人不应该因为外界的影响而变得突然高兴或者沮丧。淡定的力量给人的是一种内心的定力。有阳光照耀心灵，心底里便会一片碧绿。心静下来，阳光温暖起来，空气清新起来。面向阳光，沐浴温暖。拥有善美的心，夜里便拥有一轮清月。拥有善美的心，清晨便拥有一轮红日。

如何在现代生活中获取心灵快乐，适应日常秩序，找到个人坐标。浮躁的世界里，有没有景致更为开阔的人生？有没有令一颗心更乐意更快慰的通途？什么是我们值得奉守的东西？对自己的超越，对肉身的超越，精神，追求，是你的人生阳光。心，是自己永远的家。充实自己，充实自己的思想，提升自己的心智，是使自己安乐的因素。

精神的光芒，让我们感到了精神的力量以及赐予了我们的幸福。天地给予我们力量，精神给予我们力量。我们应该学会提取锻造这种力量。我们今天缺

少了一种力量，其中最主要的原因就是我们缺少了一种精神。关爱内心，关爱心灵，心灵便会关爱我们的一切，幸福便会弥漫在我们的生命之中。只有美丽的心灵里蕴藏着快乐的元素，生命才会更阳光。精神，给心灵以滋养。

这样，幸福就会握在你的手心里。

从伟大的认知能力和无私的心情结合之中最易于产生出思想智慧来。

——罗素

有爱的地方就是天堂

什么是我们真实的生活？什么是我们幸福的生活？我们拥有一张爱的借记卡，把爱存储在该爱的地方，不要一味地支取，更不可透支。

云淡风轻的日子，柔软时光里，静下心来，才能感到自己的心所想、所思。

奔忙中，我们走丢了自己的心；醉梦深处，我们找到了沦陷的自己的心。

梦醒时分，我们突然看到自己瞬间圣洁如花的内心。

走在匆匆的人群中，很难看到典雅灵静的心灵。

在自然面前，我们人类是贪婪者。我们不知道，该怎样善待自然，该怎样感恩自然。走在乡间的小路上，收获的快乐在荡漾，心情是飞扬的。自然给了我们很多很多，但我们给了自然什么呢？我们的目光打在美景上，我们呼吸着自然的气息，我们贪婪地吞噬着大自然的美味，我们采摘着大自然的花朵或者叶子，我们践踏着大自然的胸膛。真该说，对不起了！一片叶子飘落下来，这片叶子也飘进了我的心里，秋天到了，凝视着这片叶子，我感动了，这片叶子经历了风霜雨雪，吮吸了阳光雨露，现在，它就像一位老者，静静地走了。

阅读自然，我们会感悟很多。无论传统的、时尚的，无论迂腐的、前卫的，在自然面前都是卑微的。我们可以在自然面前撒娇，因为我们是自然的孩子。但我们不该在自然面前施威，因为自然不是我们的奴隶。阳光下，我们被镀上一层金色。大自然，用她的体温温暖着我们。我们逃离乡村，远离自然，

时间久了，我们突然发现我们的心还在乡村。在自然里，一个原始的心脏，一个本原的我，鲜活着、生动着。

什么是我们真实的生活？什么是我们幸福的生活？我们拥有一张爱的借记卡，把爱存储在该爱的地方，不要一味地支取，更不可透支。

我们的幸福，来自哪里？我们生活的世界是一个什么世界？在一个私人非营利组织的动物收容所里，负责人赛尔文斯沃和他的妻子苏茜悉心照料着600头受伤和遗弃的动物。斯沃说："我们在天堂里。"他们为自己营造出一个人间天堂。他们是沿着他们圣洁如花心灵的声音一路走来的，就这样走进了幸福。

当我们用温暖温暖身边的事物时，身边便变成了天堂。

智慧有三果：一是思考周到，二是语言得当，三是行为公正。

——德谟克利特

握着你的手，你还冷吗

男人紧紧握住女人的手。说："握着你的手，你还冷吗?"女人摇摇头。握着你的手，你还冷吗? 这是最温暖、最诗意、最浪漫的爱的语言。

我去外地，在火车站上，我看到一个感人的场景。

火车站人山人海，很多人坐在广场上等车。

我有一对中年夫妻坐在自己的行李卷上，一会在悄悄私语着，一会儿又默默地看着周围的一切。他们是去广东打工的。

天有些冷，而且有风。

男人问："你冷吗?"

女人轻轻地摇摇头。

男人慢慢地脱下自己的上衣披在女人身上。

"那你……"。

"我不冷，没事的。你不是经常说我壮得像一头牛吗? 牛不用穿大衣。"男人说。

女人笑了。

女人把男人递过来的大衣推回去，给男人重新穿上。

"你睡会吧，我们还要等几个小时呢!"男人又往女人跟前靠了靠，他用手拍拍自己的腿，示意女人可以趴到他的腿上。

毕竟来自农村，女人有些不好意思，说："这么多人!"

　　过了一些时间，女人可能实在是累了、困了，趴在了男人的腿上，闭上了双眼。

　　男人轻轻地把大衣盖在她的身上。

　　有些风，男人的一只手仍紧握着女人的手，另一只手轻轻地把女人脸上的乱发整理好，然后用大衣把女人的头蒙住。

　　他们紧紧地靠在一起，分享着无言的亲昵，无比的温暖。

　　女人在甜甜地睡着。她此刻一定不再有冷的感觉，因为她的身上有丈夫的大衣，因为她的体内有爱情的温度。

　　不一会儿，女人动了动，坐起来，拿掉大衣披在男人身上，帮男人穿上，并细心地为男人扣上口子，一个、两个……

　　男人便用手握住女人的手。

　　"你的手有些凉，冷吗?"男人问。

　　女人摇摇头。

　　男人紧紧握住女人的手。说："握着你的手，你还冷吗?"

　　女人摇摇头。

　　握着你的手，你还冷吗?

　　这是最温暖、最诗意、最浪漫的爱的语言。

智慧是不会枯竭的，思想和思想相碰，就会迸溅无数火花。
——马尔克林斯基